INHALT

Ralf Sotscheck

Türzwerge schlägt man nicht

Mit einem Vorwort von
Vincent Klink

Illustrationen von
© TOM

Critica
Diabolis
218

Edition
TIAMAT

VORWORT

von Vincent Klink

Ralf Sotscheck lebt in einem Land, in dem ordentlich gesoffen wird, doch auch in gewissem Maße Feststoffe zu sich genommen werden. Als ich ihn vor einem knappen Jahr das letzte Mal sah, hatte sich der inzwischen gesetzte Herr trotz seines gefahrvollen Umfeldes überraschend gut gehalten. Ich fragte mich, wie entgeht man all den Verführungen der irischen Insulaner. Herr Sotscheck schaffte das eigentlich nie. Es mag am Irish Stew oder am Black & White Tard gelegen haben. Auf alle Fälle hat die Familie Guinness einiges dazu beigetragen, dass ein Koch über diesen Mann sagen kann: »Er ist einer von uns!«

Religiöse Hardcore-Prägung traue ich seinem freien Geist nicht zu, aber seine irische Staatsbürgerschaft hat über all die Jahrzehnte zweifelsfrei für eine Pint & Pub-Prägung gesorgt. Dagegen kann niemand etwas haben, wenn man sich auf die wenigen Generaltugenden dieser Geisteshaltung beschränkt: Verzeihen können, mangelhafte Kenntnisse der Naturwissenschaften, darüber hinaus: Kopfrechnen schwach, Appetit gut.

Der Mann wollte schon immer höher hinaus, und ich könnte ihn mir gut vorstellen, dass er über Irland und vor allem dem Commonwealth auf einer Wolke wie ein Cherubin dahinsegelt. Nicht nur weil er aussieht wie ein Wolkenpilot, sondern aus Gründen einer gewissen überlegenen Abgeklärtheit.

So ist er ständig auf Ausguck und richtet seine Lupe auf all die Wahnsinnigen, die sich nicht zum Kontinent zählen wollen und sich einiger Entwicklungsstufen über den Europäern wähnen.

Da Herr Sotscheck alles andere als kontaktscheu ist, sondern auch als Professor für Sozialkompetenz habilitieren könnte, hockt er meisten nicht auf der Wolke, sondern gräbt tief und ständig in den guten Pubs Irlands, Englands und Schottlands nach Hintersinn und Wahrheit.

Gute Resultate sind obligat. Seine Geschichten liefern streng fokussiert, doch stets wohlwollend Außen- und Innenansichten. Der sympathische Neugierler navigiert direkt am Volk, im Volk und stöbert nach Meinungen, falschen wie richtigen.

Daraus zieht er seine gescheiten lesenswerten Schlüsse. Er sorgte auch für die Beseitigung vieler blöder Vorurteile, die wir gegen die Insulaner hegen, und die in Deutschland gerne leichtfertig schwadroniert werden.

Ralf Sotscheck brachte mir die etwas schwer zugänglichen Wesenszüge der Kelten nahe, und sein Zutun für die Erkennisanreicherung seiner deutschen Leser kann man getrost als völkerverbindend loben. Darin ist er den »United Nations« um Lichtjahre überlegen. Und das meine ich nicht ironisch!

Keep on truckin', altes Haus. Allen seinen Lesern kann ich nur empfehlen: Lest dieses Buch – und nichts als dieses Buch.

IRISCHER ALCOHOLIDAY

Jedes Jahr im September sieht die Grüne Insel schwarz: Es ist »Arthur's Day«. Im September 1759 hatte Arthur Guinness nämlich den Pachtvertrag über 9000 Jahre für das Grundstück an der Liffey in Dublin unterschrieben, wo die Brauerei steht. Deshalb rief Guinness 2009 zum 250-jährigen Jubiläum erstmals den »Arthur's Day« aus. Weil sich das überaus gelohnt hat, wie die vollgekotzten Bürgersteige am nächsten Morgen bewiesen, müssen die Iren nun jedes Jahr feiern. An jenem Tag finden rund 500 Veranstaltungen mit tausend Bands statt.

Irgendwie hat man den Iren eingeredet, dass das schwarze Gesöff eine irische Institution sei. Staatsgästen wie Barack Obama oder der englischen Queen wird ein Glas davon in die Hand gedrückt, und die Nation freut sich wie ein Schnitzel, wenn sie einen Schluck davon trinken. Dabei gehören die Brauerei sowie die 3000 führenden Schnapsmarken in der Welt seit 1997 zu dem britischen Getränkemulti Diageo. Der erfundene Name setzt sich aus dem lateinischen Wort für den Tag und dem griechischen Wort für die Welt zusammen. Damit will man suggerieren, dass der Konzern jeden Tag und überall Freude verbreitet.

Und Leberzirrhose, meint der Sänger Christy Moore, der eine echte irische Institution ist. In seinem Lied »Arthur's Day«, das an eben diesem Tag 2013 erschienen ist, beklagt er, dass dieser »Alcoholiday« von Werbefuzzis erdacht worden sei, während Ärzte und Krankenschwestern in den Krankenhäusern an dem Tag Überstunden schieben müssen. Aber es hat sich gelohnt, 2013 stellten sie einen neuen Weltrekord auf: Am »Arthur's Day« pumpten sie innerhalb von 24 Stunden 921 Mägen aus. Das berichtete das Nachrichtenportal *Waterford Whispers*. Der bisherige Rekord vom St. Patrick's Day 2012 stand bei 907 Mägen. Der Bier-Konzern bestätigte, dass die neue Bestmarke ins Guinness-Buch der Rekorde aufgenommen werde. Die Krankenschwestern waren überglücklich. Ihre Sprecherin Siobhán Murphy sagte: »Als wir schon um 19 Uhr die 300-Mägen-Grenze durchbrachen, wussten wir, dass wir es schaffen würden.« Diageo erklärte, man sei stolz auf die Iren. Als kleine Geste der Anerkennung will man die zehn Pubs, die am »Arthur's Day« den höchsten Umsatz verzeichneten, auf Firmenkosten mit marmornen Kotzbecken ausrüsten.

Darüber hinaus, so prahlte der Konzern, sei der »Arthur's Day« ein »einzigartiges Musikereignis, bei dem irische Nachwuchskünstler eine einmalige Chance bekämen. Die Manic Street Preachers zum Beispiel? Die stammen zwar aus Wales und sind schon vor 27 Jahren gegründet worden, aber wer ein Grundstück für 9000 Jahre pachtet, denkt wohl in anderen Zeitdimensionen.

Ein Politiker hat sogar verlangt, den »Arthur's Day« zu einem nationalen Feiertag zu erklären. Aber muss es denn bei einem »Arthur's Day« im Jahr bleiben? Es gibt doch so viel zu feiern im Hause Guinness. Leider ist Arthurs Geburtstag nicht bekannt, nicht mal das Geburtsjahr. Die Brauerei behauptet zwar, er sei am 28. September 1725 auf die Welt gekommen, doch das stimmt nicht mit seinem Grabstein überein. Aber man könnte die Geburtstage seiner Kinder mit »Arthur's Children's Day« begehen, denn deren Daten sind bekannt. Dann kämen die Iren gar nicht mehr aus dem Feiern heraus. Guinness und seine Frau Olivia Whitmore hatten 21 Kinder.

Der von der Schriftstellerin Dorothy L. Sayers erfundene Werbeslogan »Guinness is good for you« gilt übrigens nur, wenn das irische Nationalgetränk nicht in Irland gebraut ist. Das Wasser für den Brauprozess stamme aus den Wicklow-Bergen südlich von Dublin, heißt es in der Guinness-Werbung. Dabei stellt man sich grüne Hügel vor, in denen Quellen mit kristallklarem Wasser entspringen. Daneben stehen die Nachfolger des Firmengründers Arthur Guinness mit Kristallkrügen und fangen das köstliche Nass auf, um es dann mit geröstetem Malz und Gerste zu veredeln.

In Wirklichkeit kommt das Wasser aus dem öffentlichen Poulaphouca-Trinkwasser-Reservoir in Wicklow. Und das wird mit Hexafluoridokieselsäure versetzt, weil es ein irisches Gesetz von 1964 so vorschreibt. Die damalige Regierung meinte, durch die Zugabe von Fluor würden die Zähne der Kinder gestärkt. Das Fluor-Niveau von irischem Guinness ist sechs Mal so hoch wie bei dem gleichen Gesöff aus der Londoner Brauerei, wo dem Trinkwasser weniger Fluor beigemischt wird.

Hexafluoridokieselsäure ist ein giftiges Abfallprodukt der Düngemittelindustrie. Die irische Regierung – also der Steuerzahler – kauft es in Spanien teuer ein und mischt es als vorbeugendes Medikament dem Trinkwasser bei. Eigentlich wäre dafür eine Lizenz erforderlich. Gäbe es Guinness dann auf Rezept? Die Brauerei kann man dafür freilich nicht verantwortlich machen. Die Hexafluoridokieselsäure ist in allen irischen Lebensmitteln enthalten, die bei der Herstellung irisches Trinkwasser verwenden. Eigentlich müssten diese Produkte für den Export mit Warnhinweisen versehen werden, denn in den restlichen EU-Ländern ist die Zwangsfluoridierung verboten.

In Irland sind sämtliche Initiativen, das Zeug aus dem Trinkwasser zu verbannen, bisher gescheitert. Schon in den sechziger Jahren ging Gladys Ryan, eine Hausfrau mit fünf Kindern, gegen die Verabschiedung des Gesetzes gerichtlich vor – ein unerhörter Vorgang für die damalige Zeit. Die Richter fanden das so absurd, dass sie die Klage immer wieder abwiesen. Am Ende saß Ryan auf 230.000 Pfund Gerichtskosten. Zum Vergleich: Ein anständiges Einfamilienhaus kostete damals 2500 Pfund. Der Staat verzichtete auf die Zahlung. Ryan starb 2012 im Alter von 91 Jahren. Sie hatte stets öffentliches Trinkwasser gemieden.

Neuere Untersuchungen bestätigen Ryans Vermutung, dass die erzwungene Medikamentierung den Intelligenzquotienten senken kann. Das erklärt, warum sich die Regierung beharrlich weigert, das Gesetz aufzuheben. Es geht um die Verdummung der Bevölkerung, damit sie nicht merkt, wie sie von den Politikern über den Tisch gezogen wird. Und wer wegen der Austeritätspolitik aus Verzweiflung in den Alkohol flüchtet, wird noch dümmer. Bisher hatte man angenommen, dass der Alkohol daran schuld sei. Im Leinster House, dem irischen Parlamentsgebäude, sind übrigens sämtliche Wasserhähne mit Filtern gegen Hexafluoridokieselsäure ausgerüstet.

Manchmal kommt aber gar kein Wasser aus dem Hahn, wie ich betrübt feststellen musste, als ich mir einen heißen Whiskey zubereiten wollte. Ich hatte vergessen, dass abends ab acht das Wasser für die

Nacht abgestellt würde. Wie soll man auch an Wasserknappheit denken, wenn es draußen pausenlos vom Himmel stürzt? Im Wasserreservoir Ballymore Eustace habe sich »der Charakter des Wassers stark verändert«, sagte Michael Phillips, der Ingenieur des Dubliner Stadtrats. Man arbeite rund um die Uhr, um die Ursache herauszufinden. Vorerst bleibe es aber bei den nachts versiegenden Hähnen, sonst säße Dublin binnen drei Tagen auf dem Trocknen, jedenfalls drinnen. Die Besitzer edler Restaurants rauften sich die Haare. Sie mussten das Foie Gras auf Papptellern und den Champagner in Plastikbechern servieren, weil sie den Geschirrspüler nicht einschalten konnten.

Irgendwie war das absehbar. Die technische Beraterfirma RPS hatte schon 2006 gewarnt, dass man etwas investieren müsse, um die Wasserversorgung zu sichern. Ein Projekt, um Wasser vom Shannon nach Dublin zu pumpen, würde 500 Millionen Euro kosten. Das hat man auf die lange Bank geschoben, so dass die Probleme für die nächsten zehn Jahre vorprogrammiert sind. In der irischen Hauptstadt werden täglich 540 Millionen Liter verbraucht, und die werden gerade mal so produziert, wenn alles glatt geht. Dabei entfallen auf die Haushalte lediglich 16 Prozent. Mehr als doppelt so viel versickert im Boden, denn die Rohre stammen noch aus viktorianischen Zeiten. Die Insel ist also gar nicht wegen des feuchten Klimas grün, sondern wegen der Lecks.

Nun hat die Regierung 539 Millionen Euro bereitgestellt – aber nicht, um die löchrigen Rohre zu erneuern, sondern um Wasseruhren zu installieren, damit man endlich abkassieren, dann privatisieren und schließlich den verarmten Banken wieder etwas Geld geben kann. Umweltminister Phil Hogan verkündete konziliant, dass jeder Haushalt 30.000 Liter im Jahr kostenlos erhält. Für jedes Kind unter 18 kommen nochmal 38.000 Liter hinzu.

Dem Nachrichtenportal *Waterford Whispers* erklärte Hogan, dass für geschlechtsreife Teenager eine weitere Freimenge von 100.000 Litern im Jahr vorgesehen sei, weil »sie bekanntermaßen gerne unter der Dusche masturbieren« und deshalb das Wasser ziemlich lange laufen lassen. Er sei ja auch mal jung gewesen, fügte Hogan hinzu. Ein Extra-Einkommen verspricht sich die Regierung von der Installation spezieller Hähne in Dublins vornehmen Vierteln. Aus ihnen soll kohlensäurehaltiges Mineralwasser fließen, damit sich die Herrschaften nach einer Runde Golf geschwind erfrischen können. Man verhandelt derzeit mit Apollinaris.

LAMBRINI-MÄDCHEN WOLLEN NUR SPASS HABEN

Herr Lambrini ist gestorben. Er hat sich zu Tode gesoffen, und irgendwie ist das auch angemessen. John Halewood, wie Herr Lambrini richtig hieß, besaß das größte unabhängige Getränkeunternehmen in Großbritannien. Seit 1978 stellt es die sprudelnde Alkoholplörre Lambrini her, von der 40 Millionen Flaschen jedes Jahr verkauft werden.

Mit seinem Billiggesöff hat Halewood reihenweise junge Leute an den Rand des Abgrunds gebracht. Eine Alison Whelan kaperte eine Personenfähre in Dartmoor, nachdem sie zwei Tage lang Lambrini gesoffen hatte. »Ich bin eine Piratin«, schrie sie, sprang an Bord des Schiffes und übernahm das Ruder. Die Fähre krachte wie bei einem Flipper-Automat in andere Schiffe, bevor Whelan die Polizei anrief und erklärte, dass sie ein Problem habe. 30 Polizeiautos und Krankenwagen rückten umgehend an. Der Lambrini-Werbespruch lautet: »Lambrini-Mädchen wollen nur Spaß haben.«

Besonders am »Suizid-Sonntag«, dem Tag nach Abschluss der Universitäts-Examen Ende Juni in Cambridge, bricht das Lambrini-Chaos aus. Einmal hatten die Organisatoren des Festes, die »Wyverns Drinking Society«, der natürlich nur Männer angehören, ein aufblasbares Schwimmbecken im Durchmesser von zwei Metern mit Gelee gefüllt. Darin fanden Ringkämpfe von Studentinnen im Bikini statt, der Gewinnerin winkten 250 Pfund.

Eine Nadia Witkowski, die im Halbfinale verloren hatte, rastete vor Wut und voller Lambrini aus. Die 23-jährige schwang die Flasche wie eine Keule, stürzte sich auf ihre Kommilitonin Hannah Ford, die aus unbekannten Gründen als Schmetterling verkleidet war, und schlug ihr die Nase blutig. Als zwei Ordner die gelierte Witkowski überwältigen wollten, versetzte sie einem einen Kopfstoß und dem anderen einen Boxhieb in den Magen. Erst eine Polizeieinheit bekam die glitschige Studentin zu fassen. Ein Sprecher der Wyvern-Trinkgesellschaft sagte: »Fräulein Witkowski wird künftig nicht mehr zu Gartenpartys eingeladen.«

Dabei entsprach ihr Benehmen durchaus der Tradition. Bei Oxfords Gegenstück zu Cambridges »Wyvern Drinking Society«, dem »Bullingdon Club«, dem früher Premierminister David Cameron, Schatzkanzler George Osborne und Londons Bürgermeister Boris Johnson angehörten, geht es ebenso lustig zu. Einmal rollten sie einen Studenten im Frack in einem mobilen Toilettenhäuschen einen Hügel hinab. Ein anderes Mal zerstörten die Studenten sämtliche 500 Fenster in der Universitätskirche. Seitdem dürfen sie ihre Treffen nicht mehr innerhalb eines Bannkreises von 25 Kilometern um die Universität abhalten. Einige Restaurants in Universitätsstädten haben inzwischen untersagt, dass Gäste ihre eigenen Getränke mitbringen und dafür Korkengeld bezahlen, weil die Studenten stets Lambrini mitbrachten und das Lokal vollkotzten.

Halewood selbst hat nie Lambrini angerührt, er hat guten Wein bevorzugt. Deshalb ist er auch nie in ein aufblasbares Schwimmbecken mit Gelee gesprungen, sondern starb standesgemäß neben dem Swimming Pool im Garten seiner Villa.

HAVARIE MIT HANGOVER

Schiffsunglücke müssen nicht immer tragisch enden. Manchmal spenden sie Freude, und noch Jahrzehnte später lässt sich die Havarie zu Geld machen. Am 5. Februar 1941 lief die SS Politician auf einen Felsen im Sund von Eriskay auf, einer Insel im Süden der Äußeren Hebriden. Das Schiff war unterwegs nach New York und hatte eine interessante Ladung an Bord: 264.000 Flaschen Whisky. Die Inselbewohner stürzten sich beherzt ins Meer, um die wertvolle Fracht zu retten.

Duncan MacInnes war damals 15. Neben dem Whisky waren Fahrräder, Zigaretten, Obstkonserven, Bier, Leinen und kistenweise linke Schuhe an Bord, sagt er.

Schuhe wurden damals nie paarweise verschifft, um Diebstahl zu vermeiden. MacInnes, der an Whisky nicht interessiert war, klaute ein elektrisches Bügeleisen, was töricht war, denn auf Eriskay gab es keinen Strom.

Die erwachsenen Inselbewohner waren sehr wohl am Whisky interessiert, und weil das Schiff sieben Monate auf dem Felsen lag, bis es weggeschleppt wurde, hatten sie genügend Zeit, sich um die hochprozentige Ladung zu kümmern. McCall, der örtliche Zollbeamte, wurde zwar misstrauisch, weil die Fischer, die sonst ständig im Wirtshaus hockten, sich nicht mehr blicken ließen, aber nachdem er das Schiffswrack mit ein paar Einheimischen inspiziert hatte, verließ er es recht fröhlich und pfiff ein paar Gassenhauer vor sich hin, erinnert sich MacInnes.

Die auswärtigen Zollbeamten waren nicht so leicht zu betäuben, aber als sie schließlich eintrafen, war das Schiff bis auf die Kisten mit den linken Schuhen bereits leer. So durchstöberten sie das Moor mit langen Stäben, aber weil die 130 Inselbewohner schlau genug waren, die Whiskykisten über das ganze Moor zu verteilen, war es so, als ob die Beamten mit einem Stock in einem Heuhaufen herumstocherten, um ein paar Nadeln zu finden.

2011 Jahren wurde eine Flasche aus der Beute versteigert. Es handelte sich um Ballantine's, nicht eben die Perle unter den Whiskys, aber sie brachte dem Verkäufer 2200 Pfund ein, so dass er sich nun ein paar anständige Flaschen kaufen kann.

Compton Mackenzie schrieb 1947 ein Buch über das Glück der Insulaner, und zwei Jahre später wurde die Geschichte verfilmt, allerdings auf der Nachbarinsel Barra, weil es dort Strom gab. Der Film hieß »Whisky

Galore!«, was »reichlich Whisky« bedeutet. Die Produktionsfirma »Whisky Galore Film Limited« plant nun einen Remake des Films, diesmal in Farbe und mit internationaler Besetzung. Zu spät für Harald Juhnke. Und rechtzeitig zum Filmstart soll es auch den ersten Whisky aus Barra geben, der seit 2009 gebrannt wird.

Vor der Küste der Grafschaft Clare im Westen Irlands ist im 19. Jahrhundert ebenfalls ein Frachter gekentert. Die Bewohner hatten weniger Glück. Nachdem sie die Ladung bei Nacht an Land geschafft hatten, stellte sich heraus, dass es sich um Tausende von Akkordeons handelte. Seitdem spielt die halbe Grafschaft die Quetschkommode. Es hätte freilich schlimmer kommen können, hätte das Schiff Vuvuzelas geladen.

BEZIRKSVERORDNETE IN 3-D

In der Grafschaft Kerry im Südwesten Irlands leben merkwürdige Menschen, die einen sonderbaren Dialekt sprechen. Und stets wählen sie den Merkwürdigsten unter ihnen ins Dubliner Parlament. 14 Jahre lang war das Jackie Healy-Rae, ein Kneipier mit Gummistiefeln und Tweedmütze. Für seine Unterstützung der jeweiligen Regierung wurde er mit neuen Straßen für seinen Wahlkreis und dem Vorsitz des Umweltausschusses belohnt. Da er sich in der Großstadt aber nicht wohl fühlte, ließ er sich bei den Sitzungen des Ausschusses nur selten sehen. 2011 zog sich der damals 80-jährige aus der Politik zurück.

Da Parlamentssitze im ländlichen Irland vererbbar sind, gewann sein Sohn Michael Healy-Rae das Mandat. Ein anderer Sohn, Danny Healy-Rae, ist Bezirksverordneter in Kerry. Er stellte bei der Ratsversammlung einen interessanten Antrag. Weil Pubs – wie sein eigener – auf dem Land wegen des Fahrverbots unter Alkoholeinfluss immer mehr Kundschaft verlieren und allein lebende Menschen zum Suizid neigen, forderte er, dass die Polizei Sondergenehmigungen ausstellt, die es Einsamen gestatten, nach dem Pubbesuch betrunken nach Hause zu fahren. Allerdings sollten sie nur wenig befahrene Straßen benutzen und höchstens 30 Kilometer pro Stunde fahren dürfen. »Die Menschen auf dem Land müssen wegen der Gesetze ihre Flasche Whiskey zu Hause trinken«, argumentierte er, »und dann fallen sie in tiefe Depressionen und bringen sich um.« Ein Pubbesuch könnte da Abhilfe schaffen.

Da der 3-D-Bezirksverordnete – »drink, drive, die« – nicht die einzige Knalltüte im Bezirksrat ist, wurde sein Antrag mit fünf zu drei Stimmen angenommen. Auf die Idee, sich für einen anständigen öffentlichen Nahverkehr einzusetzen, kam niemand. Die meisten Bezirksverordneten waren der Abstimmung vorsichtshalber ferngeblieben, da sie nicht mit solch törichtem Vorschlag in Verbindung gebracht werden, aber auch nicht als Spielverderber gelten wollten. Danny Healy-Raes Bruder Michael legte den Antrag auf eine Gesetzesänderung dem Parlament vor. Transportminister Leo Varadkar weigerte sich zum Entsetzen der Landeier jedoch, sich mit dem Antrag überhaupt zu befassen. Er finde es »schwierig, auf einen Vorschlag zu antworten, der die Fortschritte bei der Verkehrssicherheit« unterminiere, sagte er.

Die linke Abgeordnete Clare Daly, so höhnte eine Zeitung, habe offenbar angenommen, dass Healy-Raes Vorschlag bereits umgesetzt worden sei. Sie wurde angeblich mit Alkohol am Steuer geschnappt, weil sie an verbotener Stelle gewendet hatte. Das verkündete jedenfalls die Polizei triumphierend. Auf Gnade konnte Daly nicht hoffen. Sie hatte sich vehement für Verfahren gegen Polizisten eingesetzt, die sich von Autofahrern bestechen ließen, um deren Strafpunkte aus der Verkehrssünderkartei zu streichen. Die Rache ging jedoch nach hinten los. Daly konnte nachweisen, dass sie stocknüchtern war. Die Polizisten mussten sich entschuldigen.

ZWÖLF STATIONEN INS DELIRIUM

Weihnachten sind die Wirtshäuser in Irland geschlossen, dem Himmel sei Dank. Natürlich nüchtert die Nation nicht schlagartig aus, aber wenigstens sind die Alkoholexzesse nicht mehr öffentlich. Die Vorweihnachtszeit auf der Grünen Insel ist eine Periode des Grauens. Jeder noch so kleine Betrieb lädt die Angestellten zur Weihnachtsfeier in irgendein Restaurant. Die Besitzer nutzen das gnadenlos aus und lassen sich für eine Tischreservierung mit dem Gegenwert einer Mittelmeerreise entlohnen. Bei Gruppen von mehr als sechs Leuten gibt es nicht etwa Mengenrabatt, sondern einen Aufschlag von zehn Prozent wegen des Stressfaktors. Nach dem Essen geht es im Pub weiter, bis die Leber quietscht. Wer – wie ich – keinem Betrieb angehört, wird aus falschem Mitleid für einen Abend zum Ehrenmitarbeiter erklärt und zu lauter Fremdfeiern mitgeschleppt.

Als ob das nicht reichen würde, ist vor ein paar Jahren ein Spektakel hinzugekommen, an dem die halbe Nation teilnimmt: »The Twelve Pubs Of Christmas.« Man ahnt worum es dabei geht, aber in Wirklichkeit ist es noch viel schlimmer. Die Teilnehmer müssen Weihnachtsmannmützen sowie geschmacklose Pullover tragen, die sie eigenhändig mit batteriebetriebenen Lämpchen, roten Rudolfnasen und Lametta verziert haben. In jedem der zwölf Wirtshäuser muss man binnen einer halben Stunde ein großes Bier trinken. Aber das ist längst nicht alles, es gibt bei der Kneipenbekriechung strenge Regeln: Im ersten Pub darf man das Getränk nicht in der rechten Hand halten, im nächsten ist Fluchen verboten, im dritten muss man einen Schuh mit jemandem tauschen, und so weiter. Und kein Toilettenbesuch vor der sechsten Kneipe! Wer gegen eine Regel verstößt oder sich gar übergibt, muss zusätzlich einen Schnaps trinken. Kein Wunder, dass die Iren mit einem Liter reinen Alkohol pro Kopf und Monat in der Statistik recht weit vorne liegen.

Der Pfad ins Delirium ist lose an das Lied »The Twelve Days Of Christmas« angelehnt, bei dem es freilich zivilisierter zugeht. Es handelt von zwölf Geschenken, die »meine wahre Liebe mir« an jedem dieser zwölf Tage, die am ersten Weihnachtstag beginnen und am Dreikönigstag enden, gemacht hat, zum Beispiel zwei Turteltauben, drei französische Hennen, sieben schwimmende Schwäne, acht melkende Mägde, elf dudelnde Dudelsackspieler und andere nützliche Gaben. In Chicago münzte man das 1996 zum vorweihnachtlichen Dutzendsaufen um. Ein paar Jahre später importierten es die Iren und erklärten es zu einer Tradition, die bis zu den Kelten zurückreicht.

Man erkennt die Teilnehmer schon von weitem. Sie rennen alles um, was ihnen im Weg steht, denn sie haben es eilig, ins nächste Wirtshaus zu gelangen. Von Stunde zu Stunde werden sie jedoch langsamer, manche müssen gestützt werden, andere kotzen oder pinkeln auf den Gehweg und müssen mit einem Strafschnaps rechnen. Morgens stinkt die ganze Innenstadt. Fröhliche Weihnachten!

Karfreitag ist neben Weihnachten der einzige Tag, an dem Pubs und Schnapsläden, die »Off-Licences«, in Irland geschlossen sind. Entsprechend groß ist der Andrang am Gründonnerstag. Der Weinhändler meines Vertrauens, dessen Laden die Ausmaße einer Kirche hat, muss für den Tag stets drei zusätzliche Mitarbeiter einstellen. Die Regierung hatte 2014 eine halbe Million Euro für eine Anzeigenkampagne bereitgestellt, mit der die Nation daran erinnert werden sollte, sich rechtzeitig vor Karfreitag mit Alkoholika einzudecken. Dennoch ignorierte so mancher die Warnung. Am Karfreitag standen allein im Großraum Dublin 122 Menschen ohne Alkohol da. Dafür mussten sie büßen. Geschäftstüchtige Mitbürger hatten sich Vorräte angelegt, die sie auf dem Schwarzmarkt zu exorbitanten Preisen verhökerten.

Es ist eine Art irischer Nationalsport, dem Alkoholverbot am Karfreitag ein Schnippchen zu schlagen. Viele, die an einem normalen Wochentag keinen Tropfen anrühren, setzten alles daran, um am Karfreitag zügig ins Delirium zu gelangen. Das ist leider alles, was vom Rebellengeist der Iren übrig geblieben ist.

Ich will mich davon gar nicht ausnehmen. Vor vielen Jahren verbrachte ich an der irischen Nordwestküste einen Osterurlaub mit dem schriftstellernden Hooligan John McGuffin und einem ständig Joints rauchenden Elektriker, der wegen seines Berufes Sparky genannt wurde. Der Wirt der kleinen Dorfkneipe mochte uns, weil wir seinen Umsatz erheblich steigerten, und so verabredete er mit uns ein geheimes Klopfzeichen für den Karfreitag. Unglücklicherweise bestand Sparky darauf, vor dem illegalen Kneipenbesuch noch einen Joint zu drehen. Die Folgen waren fatal.

Der Wirt öffnete auf unser Klopfzeichen erfreut, und im Handumdrehen hatte er drei große Biere gezapft. Er versuchte wie immer, uns in ein Gespräch zu verwickeln, worauf vor allem McGuffin sonst freudig angesprungen war. Doch diesmal hockten wir schweigend auf den Barstühlen und hielten uns anderthalb Stunden lang an unserem Glas Bier fest. Am Ende wurde es dem Wirt zu bunt, und er warf uns hinaus. Wenn er schon seine Lizenz riskiere, müsse es sich wenigsten lohnen, rief er uns hinterher.

Später gestand Sparky, dass sein Joint diesmal nicht sein selbst angebautes Gras enthalten hatte, sondern Opium, das er in einer chinesischen Spelunke in Belfast günstig erstanden hatte. Ob er noch bei Sinnen sei, wollten wir wissen. Gegen das Betäubungsmittelgesetz konnte man schließlich täglich verstoßen, aber gegen das Ausschankverbot nur zwei Mal im Jahr. Beim Wirt waren wir unten durch. Er glaubte, dass uns der Katholizismus übermannt hatte und wir wegen Gewissensbissen sein Bier verschmäht hatten. Unser Argument, dass wir abends gegen das karfreitägliche Fleischverbot verstoßen und einen Truthahn verspeist hatten, ließ er nicht gelten. Es gebe ja keine Zeugen. Wahre Rebellen hätten das Tier in aller Öffentlichkeit vor der Kirche verzehrt, meinte er.

DAS BUNTE SALZ DER ERDE

Wer betrunken Auto fährt, muss zu Recht den Führerschein abgeben. Ein ähnliches Verfahren sollte es auch für Computer geben – vielleicht ein Röhrchen, in das man pusten muss, bevor man das Gerät einschaltet. Übersteigt der Alkoholwert ein Promille, ist der Computer automatisch gesperrt. So könnte man keinen Unfug anrichten. Ich spreche aus Erfahrung.

Einmal – ich weiß gar nicht mehr, was ich gesucht hatte – landete ich auf einer Seite mit exotischen Blumensamen. Ich interessiere mich nicht für Blumen. Aber die abgebildeten Pflanzen sahen recht hübsch aus. Ein paar Tage später kam ein kleines Päckchen: Blumensamen. Was hatte ich bloß getan? Zum Glück konnte ich das geheim halten. Ich pflanzte die Dinger in meinem Büro, nach zwei Wochen keimten zwei der 50 Samen. Die Pflanzen blühten drei Tage lang und gingen dann ein. Das kann man ihnen nicht vorwerfen, ich habe keine grünen Finger.

Manche Verkäufer bei Ebay bauen offenbar auf die Trunkenheit der potentiellen Kundschaft. Die Firma Mondevana aus Bergisch-Gladbach zum Beispiel bietet den grottenschlechten Asterix-Band »Gallien in Gefahr« gebraucht (»wie neu«) für 151 Euro an. So betrunken kann niemand sein. Auf meine nüchterne Nachfrage, ob man noch bei Trost sei, kam keine Antwort. Vor allem in den USA glauben die Händler offenbar, dass die Kundschaft bei Internetkäufen den Verstand abschaltet. Ich hatte ein Taschenbuch über den irischen Betrüger Paul Singer aus den sechziger Jahren gesucht. Zwei US-amerikanische Händler boten es an. Der eine wollte 741,78 Euro für ein sehr gutes Exemplar, der andere einen Cent mehr für ein lediglich gutes Exemplar. Ich fand das Buch in einem Dubliner Antiquariat für zwei Euro.

Leider bin ich nicht immer so wachsam. Einmal geriet ich auf eine Seite mit Angeboten für Salz und Pfeffer. Ich war fasziniert: Schwarzes Salz aus Hawaii, rotes aus der australischen Wüste, gelbliche Kristalle aus dem Himalaja und fette Salzklunker aus dem Trockenmeer, die man in Wasser auflösen musste. Oder man konnte sie raspeln, es gab dafür passende Salzreiben. Ich kaufte alles mit ein paar Klicks. Eine Woche später kam das Päckchen an. Die Salzreibe erwies sich als Muskatreibe, sie war lediglich umbenannt worden.

Anfangs war es ganz witzig, wenn man Freunden das farbenfrohe Zeug anbot. Besonders dekorativ sah das schwarze Vulkansalz auf Eiern aus. Ich begann, beim Kochen sehr sparsam mit dem Salz umzugehen, so dass die Gäste nachsalzen mussten. Dann konnte ich meine Batterie an Salzstreuern auffahren. Aber schon bald ging meinen Gästen das bunte Treiben auf die Nerven. Sie verlangten nach normalem weißen Salz. Habe ich nicht. Das graue Meersalz aus der Bretagne, das ich ihnen als ungeschältes weißes Salz unterjubeln wollte, fiel durch. Man habe die Nase voll von meinem exotischen Quatsch, wurde mir beschieden. Das ist misslich, weil der exotische Quatsch noch mindestens zehn Jahre reicht, um Speisen zu versalzen. Ganz zu schweigen von dem Sack mit tasmanischem Urwaldpfeffer.

AN DEN SCHWÄNZEN KANNST DU SIE ERKENNEN

Wenigstens weiß man jetzt, wo das Rindfleisch abgeblieben ist, das in Hamburgern und Lasagne durch Pferdefleisch ersetzt worden war: Es steckt in Lamm-Currys. Die schottische Aufsichtsbehörde für Lebensmittel hat 129 indische Restaurants im ganzen Land untersucht. Bei einem Drittel enthielten die Lamm-Currys kein Lamm, sondern billiges Rindfleisch. Von wegen heilige Tiere! Da war der Geiz stärker als der Glaube – immerhin ein Beispiel für eine gelungene Integration. Die Behörde veröffentlichte aber nicht die Namen der Restaurants. Datenschutz geht vor Verbraucherschutz.

In den englischen Midlands hat die dortige Behörde ebenfalls indische Restaurants getestet. Sämtliche der untersuchten Lamm-Kababs enthielten jede Menge Farbstoff sowie eine Mischung aus Schwein, Rind, Huhn und ein bisschen Lamm – aber kein Pferd. Das steckt ja in Hamburgern und Fertiggerichten. Die Witze über Ketten wie Würgerking, wo Spezialburger »My little Pony« für Mädchen angeboten werden, haben bei britischen Schülern solch nachhaltigen Eindruck hinterlassen, dass nicht mal mehr die Hälfte in den Schulkantinen isst. Die meisten bringen stattdessen Sandwiches aus Formschinken, der zwischen zwei Scheiben des britischen elastischen Weißbrots gepresst ist. Der Nährwert ist zwar gleich Null, aber wenigstens wiehert das Sandwich nicht.

Sind die Leute in der Lebensmittelindustrie zu blöd, um die Tiere zu unterscheiden? Rinder haben Hörner, Pferde einen Schweif, Schweine einen Ringelschwanz und Schafe ein wolliges Fell. Ist doch ganz einfach. Das schafft auch die Fleischmafia. Deshalb zeigen die Fälle viel mehr »den internationalen Verschiebebahnhof von Lebensmitteln und die kreativen kriminellen Energien der Fälscher«, wie der Kulinarpapst Manfred Kriener neulich schrieb – »mit rumänischen Ross-Schlächtern, niederländischen und zypriotischen Zwischenhändlern, italienischen Rezepturen und deut schen, französischen und britischen Opfern.«

Kriener ist deshalb so empört, weil er selbst zu den Opfern gehört. Im Januar kaufte er bei einem Metzger in Oberschöneweide vermeintliche Ochsenbäckchen. Erst beim Zubereiten merkte er, dass ihm der kreativ kriminelle Schlächter Hamsterbacken angedreht hatte. Sie waren noch mit den für das Nagetier typischen Wintervorräten gefüllt. »Mit einer Chateau-Lafitte-Sauce haben die Hamsterbacken aber hervorragend geschmeckt«, sagte Kriener.

Selbst die Haustierhandlungen machen bei dem bösen Spiel mit. Der Nachbarsjunge hatte sich drei Goldfische gekauft und wunderte sich, dass die Tiere leblos im Aquarium herumtrieben. Es stellte sich heraus, dass der kreative kriminelle Tierhändler ihm aus Mohrrüben geschnitzte Goldfischimitate untergejubelt hatte.

Eine Frage ist noch offen: Rindfleisch wurde durch Pferdefleisch ersetzt und Lammfleisch durch Rindfleisch. Wo wird denn nun das Lammfleisch auftauchen? In Bio-Eiern? Oder ist das alles eine große Lammverschwörung, und die Viecher sind gar nicht geschlachtet worden, sondern laufen auf der Trabrennbahn?

BÜFFEL HABEN KEINE FLÜGEL

Es war eine jener Buchvorstellungen, zu denen man gehen muss, weil man jemanden kennt, der den Autor kennt. Bei solchen Anlässen werden meist billige Weine und »finger food« gereicht. Letzteres besteht aus Würstchen, Hühnerflügeln, Zwiebelringen und anderen fettigen Häppchen. Danach soll man dann das neue Buch in die speckige Hand nehmen und zur Kasse tragen. Genauso gut könnte man auf einer Vernissage Farbbeutel verteilen.

Noirín war gegen ihren Willen von ihrer Freundin Yvonne, die große Stücke auf den Nachwuchsschriftsteller hielt, in die Dubliner Buchhandlung geschleppt worden und hatte entsprechend schlechte Laune. Die besserte sich nicht, als ihr eine Frau vom Partyservice ein Tablett unter die Nase hielt und sie fragte, ob sie einen »Buffalo Wing« möchte. »Büffel haben keine Flügel«, blaffte Noirín die überraschte Kellnerin an. Vielleicht kämen die Hühner ja aus Buffalo, mutmaßte sie, doch Noirín ließ das nicht gelten: »Die Tiere sollen aus Buffalo im Staat New York importiert worden sein? Das glauben sie doch selbst nicht.« Sie wisse auch nicht, warum die Flügel so heißen, meinte die Kellnerin genervt, sie serviere ja nur. Ob sie jetzt gehen dürfe? Noirín ließ sie ziehen, und um weitere Diskussionen mit anderen Gästen zu vermeiden, pries die Kellnerin ihre Ware nur noch als »Wings« an.

Yvonne hatte inzwischen mit ihrem Smartphone nach »Buffalo Wings« gegoogelt und erklärte Noirín, dass die Flügel nach der scharfen Soße benannt worden seien, in der sie gebraten wurden. »Und die stammt tatsächlich aus Buffalo. Das Gericht wurde

1964 von einer Teressa Bellissimo in der Anchor Bar erfunden. Du solltest dich bei der Kellnerin entschuldigen.«

Noirín ging jedoch zur Bar, um sich ein Glas MiWadi zu holen. Das ist ein irisches Fruchtsaftgetränk, das mit dem Werbespruch »It's not your Wadi, it's MiWadi« berühmt geworden ist. Noirín wollte den Rest aus der einzigen Flasche in ihr Glas kippen, als eine ältere Blondine meinte, MiWadi habe ja viel weniger Kalorien als Limonade. Ihr Mann dürfe gar keine Brause mehr trinken, er sei sehr krank, fügte sie hinzu. Ob Noirín vielleicht für ihn beten würde? Das wolle sie gerne tun, antwortete Noirín. »Jetzt!« befahl die Blondine. Noirín ist zwar Atheistin, aber weil ihr die Frau leidtat, faltete sie ihre Hände und sagte das Vaterunser auf. Die übrigen Gäste hatten inzwischen das Interesse an dem Nachwuchsschriftsteller verloren und beobachteten stattdessen Noirín, die eine Fruchtsaftflasche anbetete. Unterdessen aber griff sich die Blondine eben diese Flasche und schenkte sich den Rest ein.

Das war zu viel für Noirín. Sie nahm sich ein paar Buffalo Wings, tatschte danach die Bücher des Nachwuchsschriftstellers an und warnte ihre Freundin Yvonne, dass sie ihr ein Dutzend Büffelflügel in den Hintern schieben werde, falls sie ihr gegenüber noch einmal das Wort »Buchvorstellung« erwähnte. Das hörte die Kellnerin, und sie rief Noirín höhnisch zu: »Ich dachte, Büffel haben keine Flügel!«

ENGLISCHE LÖFFELDIÄT

Engländer mischen sich gerne in Dinge ein, von denen sie nichts verstehen. In kulinarische Fragen zum Beispiel. So hat Professor Charles Spence von der Universität Oxford herausgefunden, dass Joghurt »teurer und cremiger« schmecke, wenn man es mit einem silbernen Löffel isst. Ein Kupferlöffel ist auch nicht schlecht, er lässt Süßes süßer und Salziges salziger schmecken. Gold ist in dieser Hinsicht dagegen ein Versager, es verbessert den Geschmack überhaupt nicht. Wenn man aber Plastiklöffel benutzen muss, sollte man wenigstens darauf achten, dass er sehr leicht sei, meint der Professor. Das lasse Joghurt wertvoller erscheinen, als wenn man es mit einem schweren Plastiklöffel isst.

Die Form spielt dabei auch eine Rolle: Die Holzstückchen, die man in diesen modernen Kaffeeketten als Löffelersatz zum Umrühren bekommt, ruinieren selbst Edelgetränke. Vor allem aber muss man auf die Farbe des Löffels achten. Will man, dass Joghurt süßer schmeckt, muss man einen Löffel benutzen, der dieselbe Farbe wie die Früchte im Joghurt hat. Ein Himbeerjoghurt mit einem blauen Löffel zu essen, wäre demnach töricht. Ein schwarzer Löffel geht gar nicht. Aber warum soll ein Joghurt überhaupt süß und cremig schmecken? Von Natur aus ist es eher herb.

Möglicherweise haben die Betreiber des *Gardening Express* ihre Gurken mit einem grünen Löffel gegessen, so dass sie süßer schmeckten. Jedenfalls klassifizieren sie Gurken als Obst, ebenso wie Oliven, Auberginen, Butternusskürbisse, Zucchini und Pfeffer. Alles, was Samen habe, sei Obst, meint der Gründer der

Webseite, Chris Bonnett. Nach dieser Definition fällt er selbst in diese Kategorie. Der *Gardening Express* beklagt, dass nur eine kleine Minderheit der Engländer den Unterschied zwischen Obst und Gemüse kenne. Aber sie kennen ja auch nicht den Unterschied zwischen Bier und Hühnerpisse. Vielleicht könnten die Gelehrten aus Oxford untersuchen, ob das warme englische Dünnbier besser aus Silberkübeln schmeckt.

Spences Team von Wissenschaftlern arbeitet jetzt mit Heston Blumenthal zusammen, der in seinem Restaurant »The Fat Duck« neue Löffeldesigns ausprobieren möchte, um »die Erfahrungen der speisenden Gäste zu verbessern«. Spence und seine Co-Autoren schreiben in ihrem Bericht: »Die Ergebnisse kann man benutzen, um Essgewohnheiten zu verändern – zum Beispiel die Größe der Portion oder die Salzmenge.« Löffel als Diätprogramm, warum nicht?

In der englischen Psychiatrie kommen sie schon länger zum Einsatz. Wie bestimmt man, ob ein Patient in eine Anstalt eingeliefert werden soll, wollte ein Besucher vom Direktor wissen. »Wir füllen eine Badewanne mit Wasser und geben dem Patienten einen Löffel, eine Tasse und einen Eimer zur Auswahl, um die Badewanne zu leeren«, antwortete er. Der Besucher kapierte: »Ein psychisch Gesunder würde natürlich den Eimer nehmen, weil er größer als der Löffel und die Tasse ist.« Der Direktor schüttelte den Kopf: »Ein Gesunder würde den Stöpsel herausziehen. Möchten sie ein Bett am Fenster?«

CUSTARD, CHICKEN NUGGETS UND
EIN PAAR HAARE

Schulspeisung – welch grässliches Wort. Es klingt nach Turnhallenschweiß, Blechnäpfen, Gummifleisch und leimiger Sauce. Ich weiß das, denn zu meiner Studentenzeit habe ich ein Jahr an einer Belfaster Schule als Deutsch-Assistent gearbeitet und kam mehrmals in der Woche in den Genuss dieser Speisung. Um wegen meines kärglichen Gehalts die Kosten für die warme Mahlzeit zu sparen, meldete ich mich freiwillig zur Essensaufsicht, denn als Lohn durfte man kostenlos mit den Schülern essen. Die aßen jedoch kaum, sondern funktionierten die elastischen Fleischbällchen zu Wurfgeschossen um, die wie Pingpongbälle durch die Halle hüpften, bis einer auf dem Tisch des Schuldirektors landete, was der meiner mangelhaften Aufsicht zuschrieb und den Schülern den Nachtisch strich. Das ertrugen sie mit Freude.

Zum Nachtisch gab es nämlich jeden Tag »Custard«, eine aus Pulver hergestellte Vanillesauce. Die klebrige Masse wurde über alles geschüttet: Kuchen, Eiscreme, Apfelsinen. Zu jener Zeit schlug der Finanzberater der US-Regierung von Ronald Reagan vor, Ketchup als Gemüse zu deklarieren, um die ohnehin niedrigen Anforderungen an die Schulmahlzeiten billiger erfüllen zu können. An meiner Schule galt »Custard« als Gemüse.

Eigentlich sollte die Schulspeisung seitdem verbessert werden. Der Fernsehkoch Jamie Oliver hatte vor ein paar Jahren eine Kampagne gegen Fastfood ins Leben gerufen, worauf die Regierung zusätzliche 280 Millionen Pfund für die Mahlzeiten locker machte.

Sogleich organisierte sich eine Gegenbewegung von Eltern, die mehr Fastfood forderten, weil das schließlich zur britischen Grundnahrung gehöre. Es kam zu einem breiten Broccoli-Boykott.

Viel hat sich seit meiner Zeit an der Belfaster Schule offenbar nicht geändert. Die schottische Schülerin Martha Payne hatte in ihren Internet-Blog täglich ein Foto der Schulmahlzeit gestellt. Außerdem stufte sie das Essen auf einer Güteskala von eins bis zehn ein, bewertete den Nährstoffgehalt und notierte die Anzahl von Haaren, die sie im Essen fand. Daraufhin untersagte die Stadtverwaltung der neunjährigen Restaurantkritikerin, die Mahlzeiten zu fotografieren, weil die Küchenangestellten um ihre Jobs fürchteten.

Die Kommunalpolitiker hatten jedoch nicht mit Marthas Fangemeinde gerechnet. Der Blog hatte täglich zwei Millionen Besucher, darunter auch Jamie Oliver, der Martha ein signiertes Exemplar seines Kochbuchs schickte. Das Mädel hatte mit Hilfe ihres Blogs Spenden in Höhe von 3.000 Pfund für »Mary's Meals« gesammelt, eine Wohlfahrtsorganisation, die Schulspeisungen in armen Ländern organisiert. Nach dem Verbot stiegen die Besucherzahlen auf 6,5 Millionen, das Spendenaufkommen auf 95.000 Pfund, und es setzte eine Zensurdebatte ein, an deren Ende die Stadtverordneten klein beigeben mussten. Martha darf jetzt wieder das überschaubare Erbsen-Mais-Gemüse, den frittierten Chicken-Nuggett und den »Custard« fotografieren, mit dem den Schülern immer noch die Geschmacksnerven zugekleistert werden.

DER QUASIMODO UNTER DEN
SCHOKORIEGELN

Herzlichen Glückwunsch. Der frittierte Mars-Riegel feierte 2012 seinen 20. Geburtstag. Geboren wurde die Fettbombe 1992 im schottischen Stonehaven, als ein kleiner Junge an der Imbissbude Carron Fish Bar darum bat, seinen Lieblingsriegel im Teig zu wälzen und in die Fritteuse zu werfen. Lorraine Watson, die Besitzerin der Bude, witterte eine Geschäftsidee und setzte die garstige Fusion auf die Speisekarte.

Das funktionierte tatsächlich. Viele Zeitungen berichteten angeekelt über die klebrige Mahlzeit, aber die Leute reisten aus fernen Ländern wie Japan und den USA an, um den kulinarischen Albtraum selbst zu probieren. Watson verkauft rund 150 Stück jede Woche, drei Viertel davon an Touristen. In einem italienischen Schottlandführer, so erzählte sie stolz, sei ihr schmieriges Etablissement sogar neben Dunnottar Castle erwähnt, auf dem König Charles II. und Mary Queen of Scots übernachteten, als die Burg noch keine Ruine war.

Dass ihre Schnellfutterbaracke mit einer Stätte des Kulturerbes gleichgesetzt wurde, vernebelte Watson offenbar die Sinne. Sie wollte sich den Riegel im Teigmantel als Spezialität aus Stonehaven von der Europäischen Union schützen lassen, so wie »Parma-Schinken und Champagner geschützte Marken« seien. Du meine Güte. Schon die Erwähnung der drei Produkte in einem Atemzug müsste strafbar sein. Watson ließ von ihrem Ansinnen nur deshalb ab, weil ihr der bürokratische Aufwand zu groß war.

Ihr Vorhaben machte jedoch die Leute von Mars Incorporated hellhörig. Frei nach dem Werbemotto »Mars macht mobil« alarmierten sie ihre Anwälte, die von Watson verlangten, auf ihrer Speisekarte zu vermerken, dass der Missbrauch des Riegels nicht von Mars autorisiert sei. Die Sprecherin des Unternehmens, Evie Kyriakides, sagte, eine solche Behandlung des Schokoriegels widerspreche der Unternehmensphilosophie, wonach man eine »gesunde, aktive Lebensweise« unterstütze. Deshalb habe man vor kurzem den Fettgehalt des Riegels reduziert, was durch das Frittieren im Teigmantel geradewegs zunichte gemacht werde.

Die Mars-Gesundheitsapostel hatten fünf Jahre zuvor versucht, Tierabfälle bei der Produktion zu verwenden – Lab aus Kalbsmägen. Das war offenbar bei der Hundefutterherstellung übrig geblieben: Mars ist Anfang des Jahrtausends mit der Tiernahrungsfirma Pedigree Chum fusioniert worden. Die Pläne für den Schokokalbsmagen brachten dem Unternehmen binnen einer Woche wütende Beschwerden von 6000 Menschen ein, die in ihrem Leib- und Magengericht keinen Tiermagen dulden wollten.

Einen Mars-Fan erkennt man übrigens am klebrigen Kinn, weil sich die Karamellfüllung beim Abbeißen unweigerlich selbständig macht. Warum der Quasimodo unter den Schokoriegeln von der Belfaster Band The Undertones besungen wurde, ist rätselhaft. Einleuchtender ist, dass die Terroristen im Film »Stirb langsam« ständig auf Mars-Riegeln herumkauen. Der unfrittierte Riegel feierte 2012 übrigens auch Geburtstag. Er wurde 80 Jahre alt. Herzlichen Glückwunsch nachträglich.

DAS MARGINALISIERTE EI

Der Osterhase ist ein Idiot. Rechtzeitig zu Ostern kam heraus, dass sich das Eier legende Langohr immer noch nicht an die Verpackungsvorgabe hält. Bei vielen Marken benötigen Kinder einen Werkzeugkasten mit Säge, um durch die stabile Plastikverpackung an das Ei zu gelangen. Und zu recyceln ist das Zeug auch kaum, denn die meisten Bezirksverwaltungen verfügen nicht über die notwendigen Anlagen. Da hilft es auch nicht, wenn die Sainsbury-Kette auf ihrer Hartplastikverschalung lügt, sie sei »vollständig recycelbar«, heißt es in dem »Osterei-Verpackungsbericht von 2012«.

Eigentlich müsste der Osterhase es besser wissen, denn er stammt aus Deutschland, dem Land der Recycelweltmeister. Aber vielleicht hat er ja anderes im Sinn. Häsinnen sind bekannt für ihre Doppelträchtigkeit, das heißt, sie können noch während der Schwangerschaft erneut schwanger werden. Deshalb wurden sie zum Fruchtbarkeitssymbol. Dass man Kindern weismacht, die Hasen legen Eier, hat marktwirtschaftliche Gründe. Weil Katholiken zur Fastenzeit keine Eier essen dürfen, hatten sich zu Ostern stets tonnenweise Eier angesammelt, die man den Kleinen als Geschenk andrehen konnte. Allerdings sind die Zeiten, in denen man Kinder mit ausgeblasenen und bunt angemalten Eiern abspeisen konnte, längst vorbei. Heutzutage müssen es Schokoladeneier sein, je größer, desto besser. Die meisten sind Mogelpackungen. Die gigantischen Eier zu einem gigantischen Preis sind innen hohl.

Von Fruchtbarkeit will der Bischof von Oxford nichts wissen, und von der Verpackung auch nicht. Er hat andere Probleme mit Ostereiern: Keiner will die christlichen Eier, auf denen die Kreuzigungsgeschichte und die Wiederauferstehung dargestellt sind. Der Bischof wittert eine Verschwörung, um »glaubwürdige Produkte mit einer Verbindung zum Christentum« aus den Geschäften zu verbannen. Aber welches Kind will schon ein gekreuzigtes Ei? Sein Kollege, der Bischof von Middleton, glaubt jedoch nicht, dass Kinder Angst vor einem Jesus-Ei hätten. »Die großen Supermarktketten marginalisieren das einzige Ei, das die christliche Gemeinde versorgt«, monierte er. »Von den 80 Millionen Eiern, die Ostern verkauft werden, sind fast alle säkular.« Ist der Osterhase etwa Atheist? Beim Weihnachtsmann vermuten das die Bischöfe schon länger: Nur eine von 200 Weihnachtskarten hat heutzutage ein christliches Motiv.

Bei Tesco stapeln sich die weltlichen Schokoladenostereier bereits seit Wochen auf den Regalen. Nur in der Filiale am Covent Garden nicht, einem Flaggschiff des zweitgrößten Lebensmittelkonzerns der Welt. Die Filiale wurde vom Gesundheitsamt dicht gemacht, weil sie völlig verdreckt und zum Spielplatz von Mäusen geworden war. Ein peinlich großes Schild im Fenster des geschlossenen Geschäfts weist darauf hin, dass der Laden ein ernsthaftes Gesundheitsrisiko darstelle.

Vielleicht ist der Osterhase ja doch nicht blöd, sondern hat seine Eier kindersicher verpackt, damit die Mäuse nicht herankommen.

WEIN AUF IRRWEGEN

Die Europäische Union ist eine feine Sache. Sie garantiert den freien Verkehr von Geld, Waren und Personen. Wenn man eine Bank ist, kann man Milliarden transferieren und sogar versenken. Als Unternehmen kann man nach Herzenslust importieren oder exportieren und zahlt für die Profite in Irland nur eine lächerliche Steuer. Und als Ross kann man ungehindert auf die Grüne Insel reisen – entweder als Rennpferd, denn das ist ein Wirtschaftsfaktor, oder als Gehacktes, denn das ist auch ein Wirtschaftsfaktor.

Andere Tiere, ob lebendig oder in Bulettenform, müssen leider draußen bleiben, wenn sie Privatpersonen gehören. Die dürfen ihren Schoßhund nämlich nur nach aufwendiger Impfprozedur nach Irland mitnehmen. Fleischwaren jeglicher Art sind gänzlich verboten, selbst wenn man sie impfen würde, denn Waldi oder Rinderfiletsteak könnten ja Tollwut übertragen.

Die Gefahr besteht bei Wein nicht. Da die irische Regierung bei jedem Haushaltsplan einen weiteren Euro Steuern auf eine Flasche Wein aufschlägt, schaute ich mich in Deutschland nach günstiger Ware um. Ein kleiner Laden feierte sein zehnjähriges Bestehen, und aus diesem Anlass bot er Sonderangebote an. Ein grandioser französischer Landwein für 2,50 Euro? Ich kaufte 18 Flaschen und schickte ein Paket an mich selbst nach Dublin. Dadurch kostete die Flasche zwar 4,50 Euro, aber im Vergleich zu irischen Preisen war das immer noch sehr günstig. Die Silvesterparty schien gesichert.

Dann kam ein Brief vom Zoll mit dem lapidaren Satz, dass die Kiste Wein konfisziert worden sei. Mitte

Januar erwischte ich endlich einen Zollbeamten am Telefon. Wein, Zigaretten und Autos dürfen ohne vorherige Anmeldung – und Bezahlung der Steuern, versteht sich – nicht eingeführt werden, schon der Versuch gelte als Betrug, sagte der Beamte streng. Ich wies jeden Verdacht des vorsätzlichen Gesetzesbruchs von mir und redete mit Engelszungen auf ihn ein, bis er die Nase von meinem Gewimmer voll hatte und einwilligte, sich zu erkundigen, ob der Wein nicht schon »vernichtet« worden sei. Er war es nicht. Gegen Zahlung der Alkohol- und Mehrwertsteuer würde er das Paket ausnahmsweise herausrücken und der zuständigen Spedition zurückgeben. Ich zahlte. Das schraubte den Preis pro Flasche auf nicht mehr allzu günstige 8,50 Euro.

Drei Wochen später war der Wein noch immer nicht angekommen. Ich erkundigte mich bei der Spedition, wo man mir erklärte, das Paket sei an mein lokales Depot geschickt worden, aber die Kollegen konnten es nicht zustellen, weil die Adresse fehlte. Woher man denn gewusst habe, welches mein Depot sei, wenn doch die Adresse fehlte, fragte ich die Angestellte, doch sie ignorierte meine Frage. Der Wein sei nun in Birmingham und werde an den Absender zurückgeschickt, sagte sie statt dessen. Ich fragte, wie man denn den Absender ohne Adressaufkleber ermitteln wolle? Ich könne ja mal im Fundbüro in Birmingham nachfragen, antwortete sie und legte auf.

Im nächsten Leben werde ich als Bank geboren. Oder als Rennpferd.

VOLL WIE DIE NATTERN

Live-Sendungen im Fernsehen bergen ein gewisses Risiko. Die Iren werden sich lange an die Jubiläumssendung der »Late Late Show« erinnern, die seit 50 Jahren jeden Freitag live im irischen Fernsehen RTÉ läuft. Während dieser Zeit hat sie erst dreieinhalb Talkshowmaster verschlissen, und die waren bei der Jubiläumssendung dabei – bis auf den halben, Gerry Ryan, der nur einmal moderierte und inzwischen verstorben ist. Mehr als eine Million Menschen saßen vor dem Bildschirm. Die Show wurde auch in den USA, Australien und anderen englischsprachigen Ländern übertragen, und die Zuschauer bekamen alle Klischees bestätigt, die sie über die Iren hegten.

Als der Hollywood-Schauspieler Liam Neeson auftrat, merkte man bereits, in welche Richtung sich die Show entwickeln würde. Ihm quoll der Alkohol fast aus den Augen, als er über seinen bevorstehenden 60. Geburtstag sinnierte. Nach der Show filmte ihn jemand, wie er sich mühsam auf den Rücksitz eines Autos faltete und schnurstracks einschlief.

Der Komiker Tommy Tiernan gab sich gar keine Mühe, seinen Alkoholgenuss zu verschleiern. Er kam gleich mit einer Flasche Whiskey auf die Bühne und schenkte den drei Moderatoren großzügig ein. Die versuchten verzweifelt, die Sendung in halbwegs geordnete Bahnen zu lenken und reminiszierten über die Höhepunkte der Sendung in den vergangenen 50 Jahren.

Sie erinnerten an die Zeit, als Kondome in Irland gerade legalisiert worden waren und Gay Byrne, der erste Talkshowmaster, sich ein Kondom über den Zeigefinger zog, um der Nation zu demonstrieren, wie man so etwas benutzt. Die Geburtenrate sank danach aber nicht, weil sich die Iren seitdem vor dem Geschlechtsverkehr vermutlich ein Präservativ über den Finger stülpen.

Als Nell McCafferty, Feministin und nordirische Bürgerrechtlerin, gefragt wurde, welchen Einfluss die Show auf die Frauenbewegung hatte, war man wieder beim alten Thema. McCafferty blaffte die Moderatoren an: »Ihr sitzt da und trinkt Whiskey, und keiner von euch hat mich gefragt, ob ich auch einen Mund habe.« Sofort sprangen die Herren auf und gaben ihr das gewünschte Getränk in dreifacher Ausführung.

Als Gay Byrne treuherzig beteuerte, dass niemand betrunken sei, trat Bono, der Sänger der Dubliner Pop-Kombo U2, auf und rief begeistert, dass hinter der Bühne eine tolle Party im Gange sei. Das stellte die Pantomimim Twink, die möglicherweise schon bei der Premiere der »Late Late Show« dabei war, sogleich unter Beweis. Sie stolperte auf die Bühne, zeigte auf ihren Ex-Ehemann David Agnew, der im Orchester mitspielte, und sagte: »Er ist ein großartiger Musiker, aber als Ehemann war er ein Arschloch.« Agnew sprang daraufhin auf und wollte aus dem Studio stürmen, während Twink ihm noch ein »Na ist doch wahr« hinterherbrüllte, aber er wurde von den Moderatoren wieder eingefangen und auf seinen Orchesterstuhl gezerrt. Die zwischenzeitlich wieder glatzköpfige Sängerin Sinéad O'Connor meinte am Ende der Show: »Ich glaube, ich bin die einzige, die noch Auto fahren kann.«

GESELLIGE FISCHE IN
DESIGNERMÖBELN

Ich habe mir ein Foto von einem Labrador-Welpen auf den Schreibtisch gestellt. Das soll die Konzentrationsfähigkeit beim Arbeiten um zehn Prozent steigern, so haben Wissenschaftler herausgefunden. Der Niedlichkeitsfaktor sei schuld daran, denn Bilder von Jungtieren lösen positive Emotionen aus, und schon geht die Arbeit leichter von der Hand. Die Kontrollgruppe, denen die Wissenschaftler Fotos von leckerem Essen auf den Tisch gestellt hatten, arbeiteten hingegen so langsam wie zuvor. Ich habe das Bild von der Roulade mit Rotkohl, das bisher auf meinem Schreibtisch stand, weggeworfen.

Ob das auch in England funktioniert, ist zweifelhaft. Der Engländer bevorzugt Fische. Ein Zehntel aller Haushalte besitzt ein Aquarium – allerdings nicht so ein extravagantes wie die beiden schlichten Fußballer John Terry und David Beckham, bei denen der Fischtank ein Designermöbel ist. Die Engländer halten geschätzte 65 Millionen Fische als Haustiere, mehr als ein Fisch pro Person – und mehr als Katzen, Hunde, Hamster, Meerschweinchen und Karnickel zusammen. Chris Ralph vom Verband der Aquarianer sagt: »Fische sind wundervoll, manche sind verspielt und gesellig, andere sind ungestüm oder übermütig. Und man muss nicht mit ihnen Gassi gehen.« Aber Fische sind nicht niedlich, selbst die nassen Jungtiere nicht.

Doch man kann sie versichern. Seit 2010 hat sich der Versicherungsbetrug mit Tieren vervierfacht, es ist ein regelrechter Sport geworden. Die Gauner kassieren rund zwei Millionen Pfund jedes Jahr. Fast jedes Tier kann versichert werden, Eintagsfliegen vermutlich ausgenommen. Manche Besitzer verkaufen die Tiere heimlich oder bringen sie gar um, damit sie die Versicherungssumme kassieren können.

Aber Tiere sind auch nur Menschen, sie leiden unter Schlafstörungen, Phobien, Trennungsangst, Magersucht, Stress und Depressionen, so haben Tierärzte in Großbritannien herausgefunden. Betroffen seien nicht nur Hunde und Katzen, sondern auch Karnickel und Hamster. Hängt die Studie möglicherweise damit zusammen, dass die britische Pharmaindustrie demnächst Glückspillen für Tiere auf den Markt bringen will? Selbst Papageien sollen das neue Medikament schlucken.

Dabei wären die Tabletten für Vogelbeobachter angebrachter. Früher war »bird watching« ein gesittetes Hobby älterer Engländer mit Tweedmützen. Das hat sich gründlich geändert. Immer häufiger muss die Polizei eingreifen, weil sich manische Vogelbeobachter um die besten Plätze prügeln. Manche scheuchen die Tiere auf, um Action-Fotos zu schießen, was andere handgreiflich zu verhindern versuchen. Der um den Ruf des Hobbys besorgte Verband der Vogelbeobachter – es gibt für jede Freizeitbeschäftigung einen Verband Gleichgesinnter – hat in der Zeitschrift *British Birds*, der Bibel für Vogelbeobachter, einen Verhaltenskodex aufgestellt. Dasselbe musste der Bridge-Verband tun. Dabei denkt man bei diesem Kartenspiel wie beim »bird watching« eher an gesittete englische Pensionäre. Weit gefehlt! Bridge ist ein Kampfsport, bei dem es nicht zimperlich zugeht. Die Liste der Zwischenfälle enthält Fluchen, Aggressionen, Einschüchterung unerfahrener Spieler, Wutausbrüche, Psychoterror.

Liz McGowan, die Vorsitzende des Verbands, beklagt, dass Neulinge durch das unsportliche Verhalten der alten Hasen abgeschreckt würden. »Viele beginnen mit Bridge erst nach der Pensionierung«, sagt sie, »während die früheren Generationen oft schon als Studenten angefangen haben. Die älteren Neulinge brauchen eben länger, bis sie das Spiel kapieren, da sollten die John McEnroes der Bridge-Welt nicht wutentbrannt über sie herfallen.«

Das Spiel soll während des Krimkrieges Mitte des 19. Jahrhunderts von englischen Soldaten erfunden worden sein. Die Grundregeln sind schnell erklärt, aber man benötigt Erfahrung, um Bridge wirklich zu beherrschen.

Gespielt wird zu viert, die beiden gegenüber sitzenden Spieler bilden ein Team. Ziel ist es, möglichst viele Stiche zu machen – allerdings nicht zu viele. Denn vor Spielbeginn wird in einer Art Versteigerung ermittelt, welche Farbe Trumpf ist und welches Team wie viele Stiche machen muss. Hauptziel ist es, die angesagte Stichzahl zu erreichen.

Besonderes explosiv ist die Situation, wenn sich Ehepartner gegenübersitzen. Womöglich bekriegen sie sich seit Jahren zu Hause und müssen nun den Schein wahren und Teamgeist zeigen. Manchmal geht das schief. Als die Bennetts gegen die Hofmanns 1929 eine Partie Bridge im US-Staat Arkansas spielten, patzte John Bennett in der entscheidenden Phase, was seine Frau Myrtle derart aufregte, dass sie ihn als »Arschgesicht« beschimpfte. Daraufhin ohrfeigte John Bennett seine Frau. »Nur ein räudiger Hund würde seine Frau vor Gästen schlagen«, sagte sie und erschoss ihren Mann vor den Gästen. Die Geschworenen sprachen sie frei – offenbar alles Bridge-Spieler, die meinten, dass

John Bennett aufgrund seines miserablen Spiels den Tod verdient hatte.

Ein Ely Culbertson nutzte den Prozess für eigene Zwecke. Er war Buchautor und hatte eine Theorie entwickelt, wie man beim Bridge gewinnt. Er veröffentlichte das angebliche Todesblatt in einer Zeitschrift, obwohl sich niemand an die Verteilung der Karten erinnern konnte, und behauptete, dass Bennett noch am Leben wäre, wenn er nach dem Culbertson-System gespielt hätte. Das Interesse an dem Artikel war groß, und bei Lesungen quer durch das ganze Land machte Culbertson ein Vermögen.

Das Internationale Olympische Komitee hat Bridge übrigens als Sport anerkannt, aber das englische Finanzamt lässt das nicht gelten: Zu wenig physische Aktivität, hieß es. Also ist bei Turnieren Mehrwertsteuer fällig. In Anbetracht der Bridge-Kampfsportler sollte man diese Entscheidung überdenken.

IRISCHE GOLDHAMSTER

Bei den Olympischen Spielen in London haben die Iren eine einzige Goldmedaille gewonnen. Oder waren es mehr? Sind Usain Bolt und Michael Phelps nicht eigentlich auch Iren? Wenn sich jemand irgendwo auf der Welt in der Unterhaltungsbranche, der Politik oder dem Sport hervortut, forschen irische Hobby-Genealogen sofort nach. Meistens werden sie fündig. Bei Barack Obama stießen sie auf einen irischen Ur-Ur-Urgroßvater. Das bedeutet zwar, dass der US-Präsident nur ein Achtzehntel-Ire ist, aber da das irische Gen dominant ist, kann man ihn trotz seiner etwas unirischen Hautfarbe vereinnahmen.

Michelle Obama ist genauso irisch wie ihr Mann: Ihre Ur-Ur-Urgroßmutter Melvinia war eine Sklavin, die von ihrem Eigentümer Charles Shields geschwängert wurde. Dessen Großvater war Andrew Shields, der aus Irland eingewandert war.

Die US-Politiker sind entsetzt, dass die Iren einem anderen irisch-stämmigen Politiker in der westirischen Stadt Galway ein Denkmal setzen wollen. Das wäre eine Beleidigung für jeden US-Touristen, behaupten sie. Was geht sie das an? Che Guevara ist schließlich Ire, seine Oma Anna Isabel Lynch stammte aus Galway.

Auch die berühmteste Band aller Zeiten ist irisch: George Harrisons Vorfahren erhielten im 13. Jahrhundert wegen ihrer Dienste für Wilhelm den Eroberer Ländereien in Irland. John Lennons Urgroßmutter Eliza Jane Gildea stammte aus der irischen Grafschaft Tyrone, sein Opa James Lennon aus Dublin. Paul McCartneys Großeltern mütterlicher- wie väterlicherseits stammten aus Irland. Nur bei Ringo Starr lassen sich keine irischen Vorfahren finden, aber Drummer waren schon immer etwas sonderbar. Übrigens ist auch Bruce Springsteens Oma Martha O'Hagan Irin. Kein Wunder, dass er so gut singen kann.

Weil Walt Disneys Vorfahren an einer Rebellion gegen den König teilnahmen, mussten sie aus England verschwinden und flohen nach Irland. Urgroßvater Arundel Disney, in Kilkenny geboren, wanderte 1801 in die USA aus. Alfred Hitchcocks Mutter Emma Jane Whelan war ebenfalls Irin. Sie heiratete den Gemüsehändler William Hitchcock, der eine irische Mutter hatte. Hitchcock ist also Zweidrittel-Ire. William

McCarty Junior ist dagegen nur Halb-Ire, seine Mutter Catherine kam während der Hungersnot 1847 nach New York. William wurde später Outlaw, erschoss 21 Menschen und wurde als Billy the Kid berühmt.

Muhammad Ali schützte seine Hautfarbe ebenso wenig wie das Ehepaar Obama davor, von den Iren als einer der Ihren reklamiert zu werden. Man ernannte ihn zum Ehrenbürger der westirischen Stadt Ennis, weil sein Urgroßvater Abe Grady von dort stammte und 1860 in die USA auswanderte, wo er eine afrikanische Ex-Sklavin heiratete. Ali, schon von der Parkinsons-Krankheit gezeichnet, musste eine Gedenktafel am Geburtshaus seines Ahnen enthüllen. Auf Transparenten begrüßte man ihn: »Willkommen zu Hause, Ali O'Grady!«

Wäre doch gelacht, wenn die Iren nicht bei der Hälfte der Olympiasieger irische Wurzeln fänden.

AUFSTIEG GEGEN DEN ABSTIEG

Wenigstens muss ich nicht auf den Berg. Ich hatte das Gelübde abgelegt, dass ich auf Irlands heiligen Berg, den Croagh Patrick, klettern würde, sollte mein Fußballverein nicht absteigen. Mein Verein ist aufgrund der Ungnade des falschen Geburtsorts Hertha BSC Berlin – wenigstens ein schöner Mädchenname und nicht so etwas Langweiliges wie »Borussia«, »Eintracht« oder »Dynamo«. Das Gipfelstürmerversprechen, das ich wegen des Abstiegs nicht einlösen musste, gab ich im Februar 2012, nachdem Hertha schon wieder einen Trainer entlassen hatte. Inspiriert wurde ich dazu von Giovanni Trapattoni.

Der Italiener war seit 2008 Trainer der irischen Nationalmannschaft. Seit Oktober 2010 betreute er nebenbei auch die Fußballauswahl der Vatikanstadt, die von Adidas gesponsert wird und aus Schweizergardisten, päpstlichen Räten und Museumswächtern besteht. Der doppelte Trainerposten ist offenbar eine gute Kombination, denn mit göttlicher Hilfe bei der Auslosung gelang es den Iren, sich erstmals seit 1988 wieder für die Teilnahme an der Europameisterschaft zu qualifizieren.

Allerdings musste Trapattoni dafür eine Gegenleistung erbringen. Er ist am 17. März geboren, dem Todestag von St. Patrick, der jedes Jahr auf der ganzen Welt mit Umzügen und Trinkgelagen begangen wird. Er sei froh, dass er an diesem besonderen Tag auf die Welt gekommen sei, sagte Trapattoni. Noch froher dürfte er sein, dass zwischen seiner Geburt und Patricks Tod fast 1500 Jahre lagen, denn sonst hätte er Gladiatoren im römischen Zirkus trainiert. Jedenfalls gelobte er, auf den Croagh Patrick zu steigen, sollte sich Irland qualifizieren.

Zwar ist der Berg nur 753 Meter hoch, aber der Aufstieg ist mühsam, die letzten 500 Meter sind eine Tortur. Der Weg führt über ein Geröllfeld steil zum Gipfel. Patrick soll im Jahr 441 dort oben 40 Tage gefastet und Pläne für die Christianisierung der Insel geschmiedet haben. Der Berg sei eine Metapher für die Aufgabe, vor der die irischen Fußballer in Polen und der Ukraine stehen, sinnierten die Sportjournalisten.

Trapattoni musste nicht alleine hinauf, man hatte aus dem Aufstieg eine Wohltätigkeitsveranstaltung zugunsten der Alzheimer-Stiftung gemacht. Mehr als tausend Menschen nahmen daran teil, darunter Irlands Premierminister Enda Kenny. Der hatte andere Motive. Er bat darum, dass die Iren den europäischen Fiskalpakt per Referendum absegnen. Dafür hielt er bis zum Gipfel durch – im Gegensatz zu Trapattoni, der nach der ersten Etappe kehrt machte, weil der Fußballverband eine Pressekonferenz am Fuß des Berges anberaumt hatte. So wurde das natürlich nichts mit der Europameisterschaft, Irland schied sang- und klanglos aus und schickte Trapattoni nach Hause in den Vatikan.

Die katholischen Bischöfe wiesen darauf hin, dass das Erklimmen des Croagh Patrick keineswegs Sportergebnisse oder Volksentscheide beeinflusse, sondern lediglich der Sündenvergebung und der Verkürzung des Aufenthalts im Fegefeuer diene. Immerhin. Als Hertha-Fan kenne ich das Fegefeuer und würde die Sache gerne abkürzen. Sollte ich es erleben, dass Hertha irgendwann die Champions League gewinnt, gelobe ich, auf den Mount Everest zu klettern. Barfuß.

DER FLUCH DES BEHAARTEN KÄFERS

Das Oktoberfest hatte in Dublin zwei Tage länger gedauert als in München. Das Ziel war aber dasselbe: So viel Bier wie möglich. Wer seine Koordinationsfähigkeit noch nicht vollends eingebüßt hatte, konnte an Wettbewerben im Schuhplattlern, Bierkrugstemmen und Jodeln teilnehmen. Oder im »nailing«. Sollten da Menschen ans Kreuz genagelt werden, oder bedeutete

»nageln« gar etwas anderes, fragten sich die Iren. Sie waren jedenfalls fasziniert von so viel außergewöhnlicher Kultur.

Natürlich lungerten im Hafengebiet, wo das Fest stattfand, auch einige zwielichtige Gestalten herum. Eine gab sich als rumänische Zigeunerin aus, die aus der Hand lesen und einem für fünf Euro eine Prognose für den weiteren Lebensweg erstellen konnte. Ihr nur notdürftig kaschierter Dubliner Dialekt und ihre Behauptung, dass sie aus den rumänischen Pyrenäen stammte, verrieten aber, dass sie sich schlampig vorbereitet hatte.

»Komm bloß weg hier«, meinte unsere Freundin Grainne. »Von Wahrsagerinnen habe ich die Nase voll.« Ihre Mutter sei sehr gutgläubig, erzählte sie, und nachdem ihr eine Wahrsagerin auf dem Jahrmarkt weisgemacht hatte, es laste ein Fluch auf ihr, unternahm sie einiges, um ihn wieder loszuwerden. So musste sie sich auf Anweisung der Wahrsagerin ein Kreuz aus zwölf 50-Euro-Scheinen an den Mantel heften und um Mitternacht am Grab ihrer Eltern beten. Während sie die Augen fest geschlossen hatte, verbrannte die Wahrsagerin angeblich das Geld. Danach pickte sie einen behaarten Käfer vom Boden und behauptete, dass sei der Fluch, der soeben von der Mutter abgefallen sei. Damit er sie nicht noch einmal befalle, müsse er professionell entsorgt werden. »Das kostete nochmal 500 Euro«, stöhnte Grainne.

Die Sache sei ja glimpflich ausgegangen, meinte ich. In England ist eine Frau zu 18 Monaten Gefängnis verurteilt worden, weil sie ihre Kinder versklavt hatte. Auf Anordnung einer Wahrsagerin sperrte sie den Zehnjährigen und die Sechsjährige in ihre Zimmer, schraubte die Glühbirnen heraus, entfernte Spielzeug und Matratzen und gab ihnen lediglich Brot zu essen. Die Kinder bekamen Frostbeulen. Später schickte sie die beiden zur Familie der Wahrsagerin, für die sie arbeiten mussten, statt zur Schule zu gehen. Der Tochter rasierte sie regelmäßig den Kopf, um sie für Kleinigkeiten zu bestrafen. Alles gelogen, behauptete die Mutter: »Ich musste ihr den Kopf rasieren, weil sie aussehen wollte wie Britney Spears.« Sie schwor, dass sie mit ihren Kindern nie wieder etwas zu tun haben werde, weil die vor Gericht ausgesagt hatten, sie seien wie Hunde behandelt worden.

Die Richterin fragte sich, wie es die Wahrsagerin geschafft hatte, die bis dahin fürsorgliche Mutter zu solch »merkwürdigem und unlogischem« Benehmen zu verleiten. Die Richterin sollte sich mal in dem Bierzelt auf dem Dubliner Oktoberfest umsehen. Dort braucht es keine Wahrsagerin, um die Menschen zu merkwürdigem und unlogischem Verhalten zu animieren.

100 JAHRE SIND GENUG, DANNY

Kann ein Lied Geburtstag haben? Doch. Wenn es »Danny Boy« heißt. Das irische Fernsehen feierte den 100. Geburtstag 2013 mit einem 60-minütigen Dokumentarfilm über die Geschichte des Liedes, in deren Verlauf es zum irischsten aller Songs wurde. Unterwegs strickten viele an der Hibernisierung. Harry Belafonte zum Beispiel erzählte als Intro zu dem Lied, dass nach irischer Tradition alle Männer Irlands zusammenkamen und zu den Waffen griffen, wenn die letzte Rose des Sommers verblüht war. Viele zogen in den Krieg, die anderen mussten zu Hause bleiben, und die ganze Insel war traurig.

Im Liedtext geht es um einen jungen Mann, der in den Krieg zieht, und am Ende soll man ein Ave an seinem Grab sagen, damit er in Ruhe verwesen kann. Oder so ähnlich, der Text lässt Raum für Interpretationen. Er stammt von dem englischen Rechtsanwalt Frederic Weatherly, der nie in Irland war. Er hatte ihn 1910 geschrieben, fand aber keine passende Melodie dazu. Zwei Jahre später bekam er Besuch von seiner Schwägerin Margaret Weatherly aus Colorado, die ständig den »Londonderry Air« vor sich hin summte. Diese Melodie ist 1851 von einer Jane Ross aus dem nordirischen Limavady aufgeschrieben worden, nachdem ein Straßenmusiker – der natürlich blind war, weil das rührseliger klingt – sie gespielt hatte. Weatherly klaute die Melodie und stülpte ihr seinen »Danny Boy« über.

1913 veröffentlichte er das Lied in einem Musikverlag. Zwei Jahre später nahm Ernestine Schumann-Heink es als erste auf Schallplatte auf. Viele sollten folgen, inzwischen gibt es mehr als hundert Aufnahmen, darunter von Judy Garland, Bing Crosby, Johnny Cash, Cher, Tom Jones, Roy Orbison, Joan Baez, Elvis Presley, Jerry Lee Lewis und Eric Clapton. Und natürlich von der Kelly Family, zu der es passt, weil sie wie das Lied ein irischer Fake sind.

In den USA ist »Danny Boy« längst zur Hymne irischer Emigranten geworden, die ihre alte Heimat durch einen grünen Tränenschleier sehen. In AJ's Café in Michigan ließ der Besitzer das Lied am St. Patrick's Day tausend Mal hintereinander von seinen Gästen singen. Am selben Tag schickte der kanadische Astronaut Chris Hadfield aus der internationalen Weltraumstation nicht nur Bilder von Irland zur Erde, sondern band sich auch einen grünen Schlips um und sang »Danny Boy«. Nicht mal im All wird man von dem Lied verschont.

Es gibt lediglich drei Arten, »Danny Boy« zu ertragen: Im Film »Miller's Crossing« von den Coen-Brüdern wird zu einer besonders süßlichen Variante des Liedes eine Gewaltszene mit Maschinegewehrfeuer und explodierenden Autos gezeigt, die genauso lange dauert wie das Lied. Sehr schön ist auch die Punk-Version von Shane McGowan und den Popes oder die Interpretation der großartigen Band Black 47, in der Danny Boy zum schwulen Bauarbeiter wird. Am sichersten ist man aber in Foley's Pub gegenüber des Empire State Building in New York. Shaun Clancy hat verboten, dass »Danny Boy« jemals in seiner Kneipe gesungen wird.

Und »Riverdance« wird er auch nicht in sein Wirtshaus hineinlassen, obwohl es im Guinness-Buch der Rekorde verzeichnet ist. Es gibt viele Möglichkeiten, in dieses Buch zu gelangen. Manche davon, wie das tagelange Sitzen auf einem Mast, sind mit wenig Belästigung für die Umwelt verbunden. Andere wiederum ziehen ganze Städte in Mitleidenschaft. Riverdance zum Beispiel. Seit fast 20 Jahren geistert das Flusstanzspektakel durch die Welt. Das war nicht weiter schlimm, denn es fand in geschlossenen Sälen statt, die man meiden konnte. Dann aber gab es kein Entrinnen. Die Organisatoren hatten beschlossen, einen Weltrekord aufzustellen.

Angefangen hatte alles mit einem Pausenfüller. 1994 musste Irland das Eurovisions-Kampfsingen austragen, weil man den Wettbewerb ein Jahr zuvor gewonnen hatte. Um die Wartezeit bis zur Punktvergabe zu überbrücken, ließ man Tänzerinnen und Tänzer zur grandiosen Musik der irischen Band Planxty auftreten. In sieben Minuten war der Pausentanz vorbei, und niemand ahnte, was man angerichtet hatte. Die kurze Einlage wurde so begeistert aufgenommen, dass man sie auf abend- und kassenfüllende Länge ausdehnte. Die Vortänzer Michael Flatley und Jean Butler wurden steinreich, zerstritten sich, gründeten ihre eigenen Shows und wurden noch reicher.

Das sei ihnen gegönnt, aber damit hätten sie sich zufrieden geben sollen. Doch Butler wollte auch noch ins Guinness-Buch. 2.300 Menschen versammelten sich auf der Samuel-Beckett-Brücke und am Ufer der Liffey. Sie kamen von 163 Tanzschulen aus 44 Ländern, darunter Mexiko, Japan, China, Saudi-Arabien und Usbekistan. Butler hatte ihnen zuvor das Video »Hop, 1, 2, 3« geschickt, damit sie die Tanzschritte einüben konnten. Ludwig XIV., der Sonnenkönig, hatte es mit seinen Soldaten ähnlich gemacht, allerdings ohne Video. Seine Soldaten wurden zur gefürchtetsten Truppe in Europa. Heutzutage gilt das für das Riverdance-Ensemble.

Die Video-Übungen waren jedoch reine Zeitverschwendung. Unter Butlers Anleitung begannen die Masse um 12.00 Uhr nach Ertönen einer Schiffssirene herumzuhüpfen. Bei den Riverdance-Shows hatte man das Klackern der Schuhe vorher aufgenommen, den Sound vervielfältigt und dann vom Band abgespielt, um einen harmonischen Eindruck zu erwecken. Diesmal war es live, und von Harmonie keine Spur. Das wilde Getrampel versetzte die Brücke in beängstigende Schwingungen. Nach 20 Minuten war alles vorbei. Die Guinness-Richter konnten in dieser Zeit nicht alle Teilnehmer zählen, sie waren bis 1.693 gekommen, als sich die Menge auflöste. Das reichte aber allemal, um den bisherigen Rekord von 652 Tänzern in Nashville, Tennessee zu brechen.

Das ursprüngliche Thema von Riverdance war Emigration. Warum hat man sich das nicht zu Herzen genommen? Warum musste man nach Irland zurückkehren, statt die Auswandererländer mit dem Radau zu behelligen?

KÄSE DARF NICHT RENNEN

Wenn Menschen auf ihr traditionelles Recht bestehen, hinter einem Käselaib herzurennen, kann es sich nur um England handeln. In Gloucestershire frönen die Menschen seit mehr als 200 Jahren diesem Hobby. Dabei wird ein acht Pfund schwerer Käse eine 200 Meter lange, steile Wiese am Cooper's Hill bei Brockworth hinabgerollt, und Hunderte erwachsener Menschen rennen hinter ihm her, ohne ihn jemals zu fangen, denn er ist schneller.

Weil es dabei oft zu Verletzungen kam, hat die Polizei das Rennen 2010 verboten. Seitdem findet es klandestin statt. 2012 kamen 4000 Zuschauer, Craig Fairley gewann zum dritten Mal den ersten Preis: den Käse. Er hasse Käse, offenbarte er nach dem Rennen, vor allem diesen »Double Gloucester«, weil er so stinke.

Die Polizei wurmte es, dass sich die Leute nicht an das Verbot hielten, zumal sie niemanden zur Rechenschaft ziehen konnte, da es keinen offiziellen Veranstalter gab. So hielt sie sich ein Jahr später an die

Produzentin des *corpus delicti*. Drei Beamte tauchten bei Diane Smart auf und drohten ihr, sie für etwaige Verletzungen haftbar zu machen, falls sie den Käse für das Rennen stifte. Das hat sie seit einem Vierteljahrhundert getan, die Maccabees haben die 86-jährige in ihrem Video »Can You Give It« auf YouTube verewigt. Doch die Einschüchterung wirkte. Smart rückte den Rennkäse nicht heraus, weil sie kein Geld für Schadensersatzprozesse habe. »Es ist verrückt«, meinte sie. In Zukunft wird sie aus Sicherheitsgründen nur noch viereckigen Käse herstellen.

Einer der heimlichen Rennleiter fragte: »Seit wann kann man eine Käseproduzentin daran hindern, ihr Produkt zu verschenken?« Man werde eben etwas anderes verwenden. Das tat man dann auch. Man benutzte einen Plastikkäse. Wegen der Medienberichte über den Polizeieinsatz bei Diane Smart war das Interesse an dem illegalen Rennen besonders groß, mehr als 5.000 Zuschauer säumten die Wiese. Zum ersten Mal in der Geschichte gewann der Käse nicht, denn die Imitation aus Plastik war zu leicht, so dass sie schon im oberen Drittel des Abhangs im Schlamm stecken blieb. Der Gewinner hatte wenig Freude an seinem Preis, denn was kann man schon mit einem riesigen Käselaib aus Plastik anfangen?

Traditionalisten befürchten, dass das Käserennverbot nur der Anfang sei. Weitere Bräuche könnten dem Sicherheitswahn zum Opfer fallen und die englische Lebensart bedrohen. Wird als nächstes das Flaschentreten in Hallaton, Leicestershire, verboten? Dabei balgen sich die Dorfbewohner um ein Fässchen Bier. Regeln gibt es kaum, lediglich Augenausstechen, Würgen und der Einsatz von Waffen sind verboten. Auch die Haxey Hood in Lincolnshire ist in Gefahr, weil bei

dem Versuch, eine schwere Lederröhre in eine von vier
Kneipen zu schieben, was bis in die Nacht dauern
kann, Menschen bisweilen zu Schaden kommen. Und
am Ende schaffen die Sicherheitsfanatiker auch noch
die Monarchie ab, weil die schwere Krone der Queen
den Hals verrenken könnte.

DER APFEL FÄLLT NICHT WEIT
VOM STAMM

Zensurfreudigkeit scheint vererbbar zu sein. In den
siebziger Jahren tat sich Paddy Cooney als irischer
Justizminister mit der Zensur des staatlichen Rund-
funks und Fernsehens hervor: Mitglieder von Sinn
Féin, dem politischen Flügel der Irisch-Republikanischen Armee (IRA), durften zwar zu sehen, aber nicht
zu hören sein, ihre Äußerungen mussten von Schau-
spielern nachgesprochen werden. Sohn Mark Cooney,
wie der Vater Mitglied der Partei Fine Gael und
Stadtrat im mittelirischen Athlone, fordert die Entfernung eines Kunstwerks aus der örtlichen Galerie.
»Fragments sur les Institutions Républicaines IV«
von Shane Cullen enthält Abschriften von Nachrichten, die von IRA-Gefangenen während des Hunger-
streiks 1981 auf Zigarettenpapier geschrieben und von
Angehörigen aus dem Gefängnis geschmuggelt wurden. Das sei das gleiche, wetterte Cooney, als ob man
»Hitler glorifiziert und die Vorzüge der Ausrottung von
Juden preist«. Zensur von Kunst sei manchmal not-
wendig, um Kinder zu schützen, meinte er. Weil sie
nach dem Lesen der Nachrichten in einen Hunger-

streik treten würden? Cooneys Parteikollegin Gabrielle McFadden pflichtete ihm bei und sagte, öffentliche Galerien sollten keine politisch kontroverse Kunst zeigen. Sondern nur Blümchenbilder? Cooney Senior behauptete gar, Cullens Werk sei gar keine Kunst und stupste es mit seiner Krücke an. Das sollte er mal im Louvre versuchen.

Da die Luan Gallery von der Stadt finanziert wird, muss sich der Stadtrat mit Cooneys Zensurantrag befassen. Peinlich ist, dass Cullens Werk vom Irish Museum of Modern Art ausgeliehen wurde. Damit ist es Staatseigentum, und der Staat wird zurzeit von Fine Gael ruin... äh... regiert. Das Kunstwerk ist bereits 15 Jahre alt und wurde nicht nur in zahlreichen irischen Städten ausgestellt, sondern auch in den USA und einigen europäischen Ländern.

Cullen war verblüfft über die Furore. »Die kleinen Zigarettenpapiere befinden sich in der Sammlung des Nationalarchivs«, sagte er. »Es sind Artefakte. Sie geben uns einen Einblick in die Geschichte, und ich halte es für ziemlich ambitioniert, die Geschichte zensieren zu wollen.«

Cooneys »Kunstkritik« hatte Folgen: Verloren sich am Tag nach der Ausstellungseröffnung gerade Mal 20 Menschen in der Galerie, so waren es danach weit über 100 täglich. Dem Stadtverordneten eröffnen sich ungeahnte Möglichkeiten für lukrative Nebenjobs: Für eine Beteiligung an den Tantienem könnte er öffentlich ein paar Bücher von Nachwuchsautoren verbrennen und ihnen dadurch zum Durchbruch verhelfen. Damit würde er nicht nur die Tradition seines Vaters gebührend fortführen, sondern auch die seiner Partei. Die Blueshirts, aus denen sich Fine Gael entwickelt hat, unterstützten Spaniens Faschisten.

Ein anderes Kunstwerk gehört auch ohne Cooneys Eingreifen zu den bekanntesten Wahrzeichen Dublins: Seit 1997 krabbelt eine nackte Frau aus Glasfaser an der Fassade des Treasury-Holdings-Gebäudes hoch. Die vier Meter große Skulptur heißt »Aspiration« und soll Irlands Kampf für die Freiheit symbolisieren, die Frau stellt Irland dar. Das hat durchaus Tradition. Früher, als unter englischer Herrschaft Freiheitslieder verboten waren, wurde Irland zum Beispiel als schwarzhaarige Roisín besungen.

Nun hat der Künstler Rowan Gillespie allerdings enthüllt, dass seine Skulptur ursprünglich einen Mann darstellte. Der Bauunternehmer Johnny Ronan, dessen Firma Treasury Holdings das Gebäude an der Grand Canal Street gebaut hat, zwang ihn jedoch zur Geschlechtsumwandlung. Als Gillespie ihm ein Modell der Skulptur zeigte, sei er zunächst begeistert gewesen – bis er den Penis entdeckte. »Ich will auf keinen Fall, dass ein nackter Mann an der Wand zu meinem Fenster hochklettert«, sagte Ronan und warf Gillespie hinaus. Als der mit der kastrierten und brustvergrößerten Skulptur zurückkam, war alles in Ordnung.

Ronan wohnt längst nicht mehr in dem Gebäude, es gehört ihm auch nicht mehr. Der Bauunternehmer hatte vom irischen Größenwahn in den Boom-Jahren profitiert, als das ehemalige Armenhaus Europas zum »keltischen Tiger« mutierte. Treasury Holdings baute mehrere Fünf-Sterne-Hotels sowie das Kongress-Zentrum im alten Hafen, Ronan wurde Multimilliardär. 1995 kaufte er die alte Boland's Bakery und ließ sie zum Firmensitz von Treasury Holdings aufhübschen.

Es ist ein historischer Ort: In dem Gebäude hatte sich Ostern 1916 eine Einheit der Rebellen gegen die britische Herrschaft verschanzt, angeführt von Éamon de Valera, der später Premierminister und schließlich Präsident Irlands wurde. Die Briten nahmen die Keksbäckerei 1916 nicht ein, weil de Valera die irische Flagge als Finte über einer benachbarten Brennerei hissen ließ, die prompt von dem britischen Kanonenboot »Helga« in Schutt und Asche gelegt wurde – statt der Kekse wurde Whiskey vernichtet. Erst als der Aufstand gescheitert war, ergaben sich die Rebellen in Boland's Bakery.

2007 benutzte die von de Valera gegründete Partei Fianna Fáil, die »Soldaten des Schicksals«, das Gebäude als Hauptquartier für ihren Wahlkampf. Es war das letzte Jahr, in dem die Iren vom ewigen Boom träumen durften. Ein Jahr später ging der keltische Tiger in die ewigen Jagdgründe ein. Fianna Fáil, die damalige Regierungspartei, gab der Insel dann mit ihrer törichten Bankengarantie den Rest und verurteilte die Iren auf unabsehbare Zeit zur Austerität.

Ronans Treasury Holdings gingen wie so viele Bauunternehmen pleite und hinterließen 2,7 Milliarden Euro Schulden bei den Banken. Das machte aber nichts, denn die Steuerzahler müssen ja wegen der Bankengarantie dafür aufkommen. Es ist durchaus passend, dass jetzt »Nama«, Irlands »Bad Bank«, in Boland's Bakery residiert. Den nackten Glasfaserkastraten ficht das nicht an, im Gegensatz zu dem Land, das er symbolisiert, ist er nicht abgestürzt.

NO MAN IS AN ISLAM

Die Weihnachtszeit ist für deutsche Fußballfans eine langweilige Zeit, der Ball macht Winterpause. In Schottland, wo manchmal sogar im Sommer Winter herrscht, spielt man unverdrossen durch. Der Meister Celtic Glasgow zum Beispiel musste 2013 zwischen Weihnachten und Neujahr drei Spiele absolvieren.

Seit man den bankrotten Erzrivalen Glasgow Rangers anderthalb Jahre zuvor in die vierte Liga verbannt hat, herrscht Langeweile im schottischen Fußball. Celtic hat keinen ernsthaften Gegner mehr, das Pokalfinale gewann man mühelos mit 3:0 gegen Hibernian. Dennoch gehörte das Spiel zu den bizarrsten Sportereignissen des Jahres. Das lag an den Fans. Als die Spieler nach dem Sieg eine Ehrenrunde liefen, entdeckte ein Fernsehzuschauer ein Spruchband von Celtic-Anhängern: »Islam Celtic Supporters Club.« Der Rest ist soziale Netzwerkgeschichte.

Muslimische Fußballfans in Glasgow? Auf Twitter ging es hoch her, zumal in der Woche zuvor der britische Soldat Lee Rigby von muslimischen Extremisten in London ermordet worden war. »Die Celtic-Fans zeigen wieder mal ihren Hass auf alles Britische«, twitterte es einem entgegen. »Abschaum!« Ein anderer stellte kurzerhand fest: »Wer Celtic unterstützt, unterstützt den Terror.« Es wurde immer grotesker: »Celtic-Fans feiern den Tod des Soldaten Rigby. Widerlicher Dreck!« Manchen entglitt vor lauter Wut die Fähigkeit, sich verständlich auszudrücken: »Celtic-Fans hatten ein Banner, auf den Islam und Celtic stand, nachdem sie einen Soldaten ermordet haben.« Celtic? Die meisten Tweets stammten von Rangers-

Fans oder Mitgliedern der rechtsextremen English Defence League, wobei die Schnittmenge ziemlich groß ist.

Irgendwann studierte man die Fernsehbilder etwas genauer und stellte fest, dass das Banner in den irischen Farben grün-weiß-orange ein paar Falten aufwies. Was wie »Islam« ausgesehen hatte, hieß in Wirklichkeit »Island«. Und davor stand das Wort »Achill«. Das Banner gehörte dem Celtic-Fanclub Achill Island, einer Insel vor der irischen Westküste, auf der Heinrich Böll ein Haus erworben und sein islamisches Tagebuch geschrieben hatte. Auf Achill leben 2.500 Menschen. 38 davon gehören dem Celtic-Fanclub an, also immerhin anderthalb Prozent. Die freuten sich über die Klotzköpfe, die nicht richtig gelesen und sich zum Narren gemacht hatten. Flugs erschienen im Internet Fotos aus Achills Wirtshaus Lynnot's, auf dem die Gäste eine Trinkpause einlegen, um ihre Gebetsteppiche auszurollen. Auf Twitter wurde vermeldet, dass Al Jazeera die Fernsehrechte für alle Celtic-Spiele gekauft habe. Ein selbsternannter Religionswissenschaftler erklärte, der Koran sei nach der Familie Curran aus Achill benannt. Nur einer merkte an, dass die wütenden Tweets nicht nur Blödheit offenbarten, sondern vor allem Rassismus: Schließlich sei der Islam nicht verboten, und wenn es tatsächlich ein solches Banner gegeben hätte, wäre das kein Grund für die Hasskommentare gewesen. In diesem Sinne: No man is an Islam.

IMMER ÄRGER MIT JOYCE

Die Beziehung zwischen James Joyce und seiner Heimat Irland war schon immer getrübt. Der Schriftsteller war der geistigen Enge der Grünen Insel früh entflohen und schrieb aus dem Ausland Gehässiges über die Bewohner seiner Heimatstadt Dublin. Sie seien »die hoffnungsloseste, nutzloseste und widerspruchsvollste Rasse von Scharlatanen, der ich je auf der Insel oder dem Kontinent begegnet bin«. Irland bezeichnete er als »Sau, die ihre Ferkel frisst«.

Die irische Regierung rächte sich, indem sie Joyce kurzerhand verbot. Sie setzte ihn auf eine Zensurliste, die fast 7000 Namen umfasste. So gingen an Generationen von Iren weite Teile der Weltliteratur spurlos vorüber. Inzwischen hat man sich besonnen und benutzt die ehemals verfemten irischen Schriftsteller für die Fremdenverkehrswerbung. Den »Bloomsday« im Juni, an dem Joyces »Ulysses« spielt, hat man sogar zu einem mehrtägigen Festival ausgedehnt.

Die Rolle des Zensors übernahm seitdem der Joyce-Enkel Stephen. Er hat zahllose Prozesse geführt, um zu verhindern, dass aus Opas Schriften zitiert wird. Er hat Bücher über Joyce und die Familie verbieten lassen, Theaterstücke und Lesungen unterbunden. Er ist der Meinung, dass man Joyce nur still und andächtig genießen darf, am besten auf Knien. Doch seit 2012 es sich ausgeenkelt: Das Copyright ist 70 Jahre nach Joyce' Tod erloschen.

Aus lauter Freude darüber hat die irische Zentralbank eine Joyce-Gedenkmünze zu zehn Euro herausgegeben, die sie für 46 Euro verkaufte. Die Auflage von 10.000 Exemplaren war im Handumdrehen vergriffen. Die Münze zeigt Joyce' Kopf, aus dem ein paar Zeilen aus dem »Ulysses« quellen. Das löste bei Stephen Joyce einen Wutanfall aus. Die Münze sei »eine der größten Beleidigungen aller Zeiten für die Familie Joyce«, schäumte er. Der Zentralbank war nämlich ein Fehler unterlaufen: Das Zitat auf der Münze enthielt das Wort »that«, das nicht im Original steht.

Vielleicht hätte Joyce das Wort selbst eingefügt, wenn es ihm eingefallen wäre. Der Verleger Siegfried Bermann-Fischer beschreibt in seinen Memoiren ein Abendessen bei Familie Joyce in Zürich, bei dem Joyce plötzlich aufsprang, zur Tür lief und erklärte, er müsse schnell ein Wort notieren, das er seit Tagen gesucht habe. Auf die Frage der Gäste, um welches phänomenale Wort es sich handle, drehte sich Joyce um und sagte: »The.«

Stephen Joyce monierte darüber hinaus, dass sein Opa völlig anders ausgesehen habe als auf der Münze: Es sei das unähnlichste Bild, das jemals vom Großvater produziert worden sei. In dem Punkt hat er recht. Joyce sieht auf der Münze eher aus wie Frank Zappa. Das macht aber nichts. Schließlich war Zappa der Joyce der Musikszene, nur lustiger.

Die Münze sei »eine künstlerische Repräsentation des Autors und seines Textes«, entschuldigte sich ein Sprecher der Bank lahm. Vermutlich war es aber Absicht. Man wollte dem Enkel und den Joyce-Irren auf der ganzen Welt, die das Werk des Meisters wie eine Bibel verehren, eins auswischen.

EIN HAKEN ZUVIEL

Die englische Gesellschaft ist gespalten, wie man weiß: Tory und Labour, Pro-Europäer und Anti-Europäer, Manchester-United-Fans und Manchester-United-Hasser. Der wahre Konflikt wird jedoch an der Interpunktionsfront ausgetragen. Die »Gesellschaft zum Schutz des Apostrophs« kämpft gegen die Organisation »Tötet das Apostroph«.

Letztere berufen sich auf den irischen Literatur-Nobelpreisträger George Bernard Shaw. Der schrieb einmal: »Es gibt nicht den geringsten Grund, mit dieser albernen und hässlichen Masche fortzufahren, Seiten mit diesen ungehobelten Bazillen zu würzen.« In Tiverton in der Grafschaft Devon hätten seine Anhänger fast einen Sieg errungen: Dort erwog man, das Apostroph von den Straßenschildern zu verbannen. In der Kleinstadt liegen zwei der drei apostrophen Straßen des Verwaltungsbezirks: Beck's Square und Blundell's Avenue. Das ungeliebte Zeichen könne für Verwirrung sorgen, glaubte der Stadtrat. Die Anwohner heulten auf. Verwirrung entstehe, wenn man Grammatikregeln ignoriere, argumentierten sie und führten den Satz ins Feld: »Residents' refuse to be placed in bins« – auf deutsch: »Der Müll der Anwohner gehört in die Abfalltonne.« Ohne das Apostroph hätte der Satz eine völlig neue Bedeutung: »Die Anwohner weigern sich, in die Abfalltonne gesteckt zu werden.« Der Stadtrat gab klein bei.

Das tat die Buchladenkette Waterstone's nicht. Sie hat sich in Waterstones umbenannt. Laut Geschäftsführer James Daunt sei das in der digitalen Welt vielseitiger und praktikabler. John Richards von der »Gesellschaft zum Schutz des Apostrophs« raufte sich die Haare: »Wenn McDonald's es richtig macht, warum nicht Waterstones? Man sollte doch annehmen, dass ausgerechnet ein Buchladen nicht so schlampig mit der englischen Sprache umgeht.« Was kann man aber von einem Buchladen erwarten, der Hitlers »Mein Kampf« als »perfektes Weihnachtsgeschenk« angepriesen hat?

Wohin mit den gestrichenen Apostrophen? Ihnen ist von den Gemüsehändlern Asyl gewährt worden. Die setzen es auf Teufel komm raus: Carrot's, Potato's, Turnip's. Jeder Plural bekommt ein falsches Häkchen – zum Verdruss von ALF. Dahinter verbirgt sich nicht die radikale »Animal Liberation Front«, sondern die nicht minder militante »Apostrophe Liberation Front«. Deren Mitglieder ziehen im Land umher und befreien das falsche Plural-Apostroph von den Gemüsehändlerschildern. »Wenn man in ein falsches Wort eingezwängt wird, kann das zu Verletzungen führen«, mahnen die Apostroph-Vigilanten.

Manche halten sich feige aus dem Streit heraus. An der Hauptstraße im Londoner Bezirk Chelsea steht an einem Ende »Kings Road«, am anderen »King's Road«. Im südwestirischen Kerry wandert man in einer Richtung auf dem »Lady's Way«, in der anderen Richtung auf dem »Ladies Way«.

Der britische Premierminister David Cameron sollte den Krieg zwischen Apostrophilen und Anti-Apostrophikern auf die Tagesordnung der Vereinten Nationen setzen. Er ist schwerer zu lösen als der Syrien-Konflikt.

TÜRZWERGE SCHLÄGT MAN NICHT

Zwerge sind offenbar vielseitig verwendbar. Zum Beispiel als Türdrachen. Londons größtes Spielcasino, das »Hippodrome«, wo täglich eine Million Pfund verspielt werden, hat eine Annonce aufgegeben. Man suche »Türzwerge, um ein Team von Großbritanniens kleinsten Rausschmeißern« zusammenzustellen. Die Bewerber dürfen nicht größer als vier Fuß und zehn Inches sein – also rund 147 Zentimeter.

Diskriminierend? Ach wo, meint Simon Thomas, Geschäftsführer des »Hippodrome«, das zum Casino des Jahres 2013 gewählt wurde. Es gehe um die Tradition, behauptet Thomas. Sein Laden öffnete im Jahr 1900 als Zirkus. »Damals trat Little Titch auf, ein Tänzer und Komiker, 137 Zentimeter groß mit Schuhen von 71 Zentimeter Länge«, sagt Thomas. Außerdem soll auch Tom Thumb dort gesehen worden sein. Der Däumling ist allerdings eine Figur aus der englischen Folklore.

Die Probeläufe mit Kleinwüchsigen als Türdrachen seien fantastisch gelaufen, sagt Thomas: »Niemand legt sich mit einem Zwerg an, so etwas tun Machos nicht.« Genauso gut könnte er kleine Mädchen in Rüschenkleidern an die Tür stellen, denn nur wenige Menschen neigen dazu, sie zu vermöbeln. Aber die Zwerge sollen den Leuten auch ein Lächeln auf die Lippen zaubern, hofft Thomas.

Nicht alle Zwerge bringen Leute jedoch zum Lachen. Manche machen sie sich ihren Kleinwuchs für Verbrechen zunutze. Sie verstecken sich in einem Koffer und lassen sich von einem Komplizen in den Kofferraum von Langstreckenbussen stellen. Während der Fahrt haben sie genug Zeit, die anderen Koffer nach Wertsachen zu durchsuchen. Am Ziel angekommen, macht sich der Komplize mit Koffer, Zwerg und Beute aus dem Staub. Das habe in Schweden angefangen und greife auch in Großbritannien immer mehr um sich, sagte ein Polizist. Man müsse aber sensibel mit dem Thema umgehen.

Sensibilität ist Simon Burns, dem Staatsekretär im britischen Gesundheitsministerium, jedoch fremd. Er beschimpfte den kleinen Unterhaussprecher John Bercow, der selbst in der eigenen Tory-Partei keine Freunde hat, als »dummen, scheinheiligen Zwerg«, weil der ihn ermahnt hatte, sich bei seiner Rede nicht zu den Hinterbänklern umzudrehen, sondern gefälligst den Sprecher anzuschauen. Burns musste sich entschuldigen. Der Labour-Abgeordnete Chris Bryant gratulierte Bercow heuchlerisch: »Ich freue mich, dass sie kurzen Prozess mit Regierungsmitgliedern machen.«

Burns muss aber noch üben, will er in die Geschichte der phantasievollsten Beleidiger des Londoner Unterhauses eingehen. Die Konkurrenz ist groß. Der Labour-Mann Tony Banks hatte zum Beispiel über den Tory Terry Dicks gesagt, er sei der lebende Beweis dafür, dass eine Schweineblase an einem Stock ins Parlament gewählt werden könne. Und Denis Healy vom linken Labour-Flügel sagte einmal, ein Angriff von Margaret Thatchers Stellvertreter Geoffrey Howe fühle sich an, »als ob ein totes Schaf über einen herfalle«. Howe kam danach nie wieder auf die Beine. Jedesmal, wenn er zum Reden ansetzte, ertönte ein Mähen von den Hinterbänken.

DIE SCHLACHT UM DEN PENISRING

Irland, Paradies für Schadensersatzklagen. Wenn irgendjemandem irgendetwas irgendwo zustößt, geht die Sache vor Gericht. Es findet sich immer einer, dem man die Schuld geben kann, und sei es die Stadtverwaltung, die in grober Vernachlässigung ihrer Aufsichtspflicht eine Unebenheit im Gehweg nicht eingeebnet hat. Wie leicht kann man sich da den Zeh verstauchen. Der muss dann geschient werden, so dass man wochenlang arbeitsunfähig ist. Es geht um erhebliche Summen.

Im Jahr 2013 ist die Dubliner Stadtverwaltung 417 Mal verklagt worden. Am Ende hatte sie 6,28 Millionen Euro Schadensersatz und mehr als eine halbe Million Gerichtskosten bezahlt. So ist man vorsichtig geworden. Das Naturkundemuseum hat die oberen Etagen geschlossen: Es gibt zwar zwei stabile Treppen, aber oben keinen Notausgang. Das George's Dock im Dubliner Hafen ließ die Verwaltung mit Schotter auffüllen, so dass die Wassertiefe nur noch 50 Zentimeter beträgt. Die Gefahr, dass jemand hineinfällt und ertrinkt, ist somit auf ein erträgliches Maß gesenkt. Im Vergnügungsviertel Temple Bar hat man das alte Kopfsteinpflaster mit schweren Maschinen aufgeraut, damit niemand ausrutscht.

In anderen Landesteilen neigt man ebenfalls zu übergroßer Prophylaxe. In Kilkee in der Grafschaft Clare hat man am Badestrand die Sprungbretter abmontiert. Jetzt müssen die Kinder von den Klippen springen, aber die sind nicht von der Bezirksverwaltung aufgestellt worden – im Gegensatz zu den Sprungbrettern. An denen könnte sich ja jemand verletzen und vor Gericht ziehen. Das ist in den vergangenen 50 Jahren zwar noch nie passiert, aber die Iren sind inzwischen auf Schadensersatzsgeschmack gekommen.

Eine Frau hat zum Beispiel einen Gastwirt verklagt, der in seinem Pub eine Verkaufsveranstaltung für erotische Unterwäsche und Sexspielzeug veranstaltet hatte. Sylvia Deehan behauptet, sie sei von einer anderen Kundin weggeschubst worden, um einen Preis zu ergattern: einen Ring, der »auf einen bestimmten Teil des Mannes gesteckt« werde, wie es vor Gericht verschämt beschrieben wurde.

Die 46-jährige Blondine hatte an einem Wettkampf teilgenommen, bei dem jeweils zwei Frauen so viele Luftballons wie möglich zwischen ihren Leibern zerquetschen mussten. Weil es am Ende unentschieden stand, warf der Veranstalter den Penisring einfach in die Luft. Bei der Rangelei habe sie sich die Rippen an einem Lautsprecher geprellt und musste zwei Wochen lang das Bett hüten, behauptet Deehan. Leider konnte sie keine Zeugen vorweisen, im Gegenteil. Einige Gäste sagten aus, sie habe ein paar »Jägerbomben« – einen grauenhaften Cocktail – in sich hineingeschüttet, einem Kellner ein Chicken Curry vom Tablett geklaut und sei schließlich vor die Tür gesetzt worden.

Die Würde des Gerichts war perdu, als der Anwalt der Verteidigung fragte, ob der Preis groß oder klein gewesen sei. Weil Richter, Geschworene und Zuschauer in unkontrolliertes Kichern ausbrachen, wurde die Verhandlung vertagt.

KAMPF DEN PYJAMAMAMAS

Ich wohne in einer Gegend, in der die Leute selten Schlafanzüge außer Haus tragen. Ich selbst mache das gar nicht, ich besitze nicht mal solch ein Kleidungsstück. Schlafanzug – wie das schon klingt. Wie Zwangsjacke. Man wird in einen Anzug gesteckt und in den Schlaf versetzt.

Noch schlimmer ist das Wort »Pyjamas«. Die Engländer haben es Mitte des 17. Jahrhunderts aus Indien mitgebracht, als das Land noch britische Kolonie war. Auf Hindi heißt es jedoch »Pajama« und bezeichnet eine leichte Hose. Der Engländer hat das Wort verballhornt, wie er es mit Fremdsprachen eben zu tun pflegt. Die Iren können ein Lied davon singen, man muss sich nur die anglisierten Ortsnamen ansehen. Und aus dem wohlkingenden »Uisce beatha«, was auf Irisch »Lebenswasser« bedeutet, haben die Kolonialherren das nach Kater klingende »Whisky« gemacht, weil es dem schwerzüngigen Engländer leichter über die Lippen geht.

Die Iren haben den Pyjama von der Kolonialmacht nicht nur übernommen, manche tragen ihn auch in aller Öffentlichkeit. Diese unsägliche Mode kam zuerst in den siebziger Jahren in Schanghai auf und konnte von der chinesischen Regierung nicht unterbunden werden. Weil der Pyjama aus dem Westen kam, galt es als Zeichen des Wohlstands, ihn zum Shoppen zu tragen. In Irland ist es genau umgekehrt. Hier ist er zu einer Maßeinheit des Elends geworden: Je mehr Leute im Pyjama auf der Straße sind, desto ärmer die Gegend, lautet eine Faustregel, die Sozialarbeiter aufgestellt haben. Mehrere Schulleiter haben in Rundbriefen an die Eltern darum gebeten, nicht im Schlafanzug in der Schule aufzutauchen. Das sei den Lehrern peinlich und gebe darüber hinaus ein schlechtes Beispiel für die Kinder ab, schrieb der Grundschuldirektor Joe McGuinness aus Belfast. Bis zu 50 Pyjamamamas rotteten sich jeden Morgen auf dem Schulhof zusammen, nachdem sie ihre Kinder abgegeben haben, beklagte er. Die Lokalzeitung habe bereits darüber berichtet und ADPS diagnostiziert – das »All Day Pyjama Syndrome«. Auf deutsch: PRUDU – »Pyjamas rund um die Uhr«.

»Wozu soll ich mich umziehen,« fragte eine erboste Mutter, »wenn ich ohnehin wieder ins Bett gehe, nachdem ich meine Tochter abgeliefert habe? Ich trage Schlafanzüge 24 Stunden am Tag.« Was mag sie bei der Zeugung der Tochter getragen haben? Einen Beischlafanzug?

Offenbar bezieht die Frau keine Sozialhilfe – zumindest nicht im Dubliner Stadtteil Damastown. Am dortigen Sozialamt hängt ein Schild, das die Sozialhilfeberechtigten darauf hinweist, dass sie sich gar nicht erst anzustellen brauchen, wenn sie einen Schlafanzug tragen: Wer nicht in angemessener Garderobe erscheint, bekommt kein Geld.

Nachthemden sind dagegen etwas aus der Mode gekommen. Erstmals sind sie um 1500 in Italien aufgetaucht. Eine besonders reizende Form des Nachthemds ist das Babydoll, das nach dem gleichnamigen

Spielfilm von Elia Kazan 1956 zum Renner wurde. Vermutlich würden die Herren im Sozialamt von Damastown in diesem Fall eine Ausnahme machen.

TNKS 4 UR MES

Handys sind nicht von grundauf böse. Man kann mit ihnen telefonieren. Das sollte reichen. Warum hat man sie aber in die Lage versetzt, auch Textnachrichten zu verschicken? Das ist eine überflüssige Erfindung, weil die meisten Menschen Schindluder damit treiben. Während ich mir Mühe gebe, meine Sätze auch bei solchen Textnachrichten auszuformulieren, auf Groß- und Kleinschreibung sowie auf die Satzzeichen achte, hat sich hinter meinem Rücken eine SMS-Sprache entwickelt, die nur aus Satzbruchstücken besteht und ohne sonderlich viele Buchstaben auskommt. Satzzeichen kommen darin überhaupt nicht vor.

Diese Rudimentärsprache beschränkt sich nicht auf Jugendliche. Noirín ist Mitte sechzig. Wir wollen zusammen einen Katalog für die Ausstellung eines befreundeten Künstlers entwerfen, der Erlös soll einem guten Zweck zugeführt werden. Ich hinterließ Noirín eine Nachricht auf ihrem Anrufbeantworter, was meine Geduld auf eine harte Probe stellte. Zwar war die Ansage nur kurz, aber dann lief geschlagene drei Minuten lang eine grauenhafte Musik, bis man endlich seine Nachricht aufs Band sprechen durfte. Oder auf was auch immer solche Nachrichten heutzutage gespeichert werden.

Kurz darauf bekam ich eine Textnachricht von ihr :

»Tnks 4 ur mes.« Wenn man es laut vor sich hin liest, kommt man auf »Thanks for your message«. Glatte zehn Buchstaben gespart, also die Hälfte, macht mindestens zehn Sekunden. Dass ich dafür doppelt so lange brauchte, bis mir der Sinn der SMS klar wurde, spielt keine Rolle. Die nächste Textnachricht als Antwort auf meinen Terminvorschlag war eine größere Herausforderung: »Thas bril wat t suit u 2 com ovr 2 us tnks x n.« Auf deutsch: »Das ist großartig. Um welche Zeit passt es Dir, zu uns zu kommen?« Wer das Wort »to« durch die Ziffer 2 ersetzt, spart gar nichts: Bei Smartphones muss man vom Buchstabenfeld aufs Zahlenfeld umschalten, bei älteren Handys muss man vier Mal auf die Taste tippen, denn zuerst kommen die Buchstaben d, e und f.

Ich wollte mich rächen und tippte willkürliche Buchstaben ins Handy: »Tg hjk cfsa u lp 2. Ok?« Die Antwort kam postwendend: »Yep thas grt x n.« Herrje, was hatte ich ihr bloß vorgeschlagen, dass sie meine kryptische Nachricht mit »großartig« erwidert und mir am Ende ein Küsschen («x«) dranhängt? Fehlte nur noch ein Grins-Symbol: :)

Smilies sind genau so bescheuert. Wer seine Textnachrichten mit gelben Kugeln garniert, die den Gemütszustand verraten sollen, hat nicht alle Tassen im Schrank. Neulich bekam ich die Nachricht eines erbosten Lesers, der sich heftig über ein Buch von mir beschwerte und ankündigte, es im Winter verheizen zu wollen. An den Schluss der Nachricht hängte er eine böse dreinblickende wutviolette Kugel und entlarvte sich damit als Klotzkopf.

Man kann aber noch viel Gemeineres mit Textnachrichten anstellen. Martin Conroy hatte Freude daran, anderen einen Streich zu spielen. Seine Ideen für einen Schabernack hätten jeden 14-jährigen mit Stolz erfüllt. Martin war allerdings 66. Sein letztes Opfer war seine 16-jährige Nichte Debbie. Weil sie sparsam ist, druckte er ihr aus dem Internet eine Anleitung aus, wie sie ihr Mobiltelefon mit Hilfe einer Zwiebel aufladen könne. Sie folgte der Anleitung, bohrte mit einem Schraubenzieher zwei Löcher in die Zwiebel, platzierte das Gemüse dann für 30 Minuten in einem Energiegetränk, damit es die Elektrolyten absorbieren konnte, und stopfte danach ein USB-Kabel in die Zwiebel. Das andere Ende verband sie mit ihrem Telefon. Nichts passierte. Ihr wurde schlagartig klar, dass das Geld für die Zwiebel und das Energiegetränk ausgereicht hätte, um ihr Telefon mehrere Dutzend Male auf konventionelle Art zu laden. Das Kabel mit Zwiebelgeruch wird sie lange an ihren Onkel erinnern.

Der ist ganz plötzlich verstorben. Er und seine Frau Carol waren von einem Ausflug heimgekehrt, als Martin sich auf eine Treppenstufe setzte und sagte: »DNR – and I mean it.« Carol ahnte, was er meinte: Do not resuscitate – nicht wiederbeleben. Dafür war es ohnehin zu spät.

Die Beerdigung zwei Tage später auf dem Friedhof von Glasnevin im Norden Dublins war gigantisch. Martin stammte aus einer großen Familie, er hatte vier erwachsene Kinder und sechs Geschwister, und die wiederum hatten drei bis fünf Kinder. Außerdem hatte er einen großen Freundes- und Bekanntenkreis, denn Martin war als Busfahrer viel unter Leute gekommen, und außerdem hatte er sich in diversen Vereinen und Wohltätigkeitsverbänden engagiert. All diese Leute hatten sich nun in die kleine Kapelle des Krematoriums gequetscht. Martins Frau, seine Kinder und andere Verwandte legten Gaben auf den Sarg, die in Martins Leben eine bestimmte Bedeutung hatten: eine Tageszeitung, weil er die immer beim Frühstück las; sein Handy, weil er ständig telefonierte; seine Mundharmonika, die er manchmal spielte; eine Tüte Gummibärchen, seine Leibspeise.

Dann wurde der Sarg langsam in den Keller abgesenkt, wo er in den Ofen geschoben werden sollte. Auf der nun leeren Bühne ging ein weißer Vorhang zu, viele weinten. Plötzlich ging ein Aufschrei durch die halbe Trauergemeinde, die andere Hälfte wunderte sich. Carol war einer Ohnmacht nahe. Viele hatten ihre Handys gezückt und starrten ungläubig auf eine Textnachricht von Martin, der Leiche: »Geht es nur mir so, oder ist es hier wirklich verdammt heiß?«

Debbie wollte sich verdrücken, wurde aber am Ausgang gestellt, weil einer der Trauergäste Martins Nummer gewählt hatte und es in Debbies Hosentasche klingelte. Sie hatte sich heimlich des Telefons bemächtigt, als sie die Gummibärchen auf den Sarg legte, und die Textnachricht an alle Personen aus dem Handy-Adressbuch geschickt. Martin hätte das komisch gefunden, verteidigte sie sich. Die Trauergemeinde fand es nicht komisch. Debbie wurde vom Leichenschmaus ausgeschlossen.

WO DU GERADE STEHST

Ob ich langsam taub werde, fragte meine Tochter besorgt. Keineswegs, beruhigte ich sie, merkte aber umgehend, dass ich mir ihre Besorgnis nur eingebildet hatte. »Du wirst alt«, höhnte sie, »du bekommst graue

Haare. Und jetzt auch noch Altersschwerhörigkeit. Deshalb drehst du den Fernseher immer so laut auf.« Das tue ich nur, weil sie ständig telefoniere und ich beim »Tatort«, wo man genau aufpassen muss, den Faden verliere, wenn der Fernseher zu leise ist.

Die Gattin schläft dagegen trotz der Fernsehlautstärke beim »Tatort« ein. Aber im Unterbewusstsein hört sie wie ein Luchs. Sobald ich aufstehe, um auf die Toilette zu gehen, wird sie wach. Dann kommt der gefürchtete Satz, der so anfängt: »Wo du gerade stehst...« Wenn ich Glück habe, wünscht sie nur eine Tasse Tee. Wenn ich Pech habe, kommen noch Schnittchen, dünn mit Käse oder Schinken belegt, sowie Gurkenschnitze und geviertelte Tomaten hinzu. Sie werde mir bei meiner Rückkehr erzählen, wie sich die Mördersuche beim »Tatort« inzwischen entwickelt habe.

Dazu kommt es jedoch nie. Wenn ich ihr das opulente Mahl servieren will, ist sie längst wieder eingeschlafen. Sie kennt den Anfang von jedem Krimi und das Ende von keinem. Ich hingegen kenne den Anfang und das Ende der Filme, habe jedoch in der Mitte erhebliche Lücken, was es erschwert, dem Rest der Krimis zu folgen. Es nützt auch nichts, Stunden vor dem »Tatort« die Einnahme von Flüssigkeit einzustellen. Meine Versuche, blitzschnell zum Klo zu huschen und so zu tun, als würde ich die Wo-du-gerade-stehst-Rufe nicht hören, sind ebenfalls zum Scheitern verurteilt. Dazu bin ich nicht abgebrüht genug.

Mein Großvater hat übrigens bis zu seinem Lebensende nicht zugegeben, dass er etwas schwerhörig war. Dabei hatte er dazu jedes Recht, er ist über 90 Jahre alt geworden. Aber eine Frage kam in seinem Wortschatz nicht vor: »Wie bitte?« Er verstand immer irgendetwas, was manchmal zu ungewöhnlichen Gesprächen führte – vor allem, wenn der Gesprächspartner nicht bemerkte, dass Opa sich aus den Wortfetzen, die bei ihm angekommen waren, etwas falsch zusammengereimt hatte.

Vor langer Zeit fuhren wir in den Urlaub nach Bayern. Vater und Großvater saßen vorne, die Frauen und ich hinten. Am Rande der Autobahn stand in einiger Entfernung ein Sendemast. »Der glänzt aber schön in der Sonne«, meinte meine Mutter. Opa, in der Annahme, sie spreche über das Auto vor uns, erwiderte: »Klar, ist ja auch metallic.« Der sei ganz schön hoch, sagte meine Mutter. »Ach was«, antwortete mein Großvater, »der liegt doch eher niedrig.« Wenn er so niedrig wäre, bräuchte er ja kein Warnlicht für Flugzeuge auf dem Dach, entgegnete meine Mutter. Opa glaubte, seine Tochter habe den Verstand verloren: »Bist du närrisch? So tief fliegt kein Flugzeug, dass ein Auto eine Warnlampe auf dem Dach benötigt.« Jetzt ging meiner Mutter ein Licht auf. »Vati, ich rede doch über den Sender«, sagte sie. Opa drehte sich um, zeigte ihr einen Vogel und meinte: »Blödsinn, das ist doch kein Simca.«

ABENTEUERREISEN MIT IRISCHEN BUSSEN

Früher war in Irland alles besser. Das Bier war billiger, die Sonne schien länger, und die Busfahrer waren Gentlemen. Noel zum Beispiel. Jahrzehntelang fuhr er den öffentlichen Linienbus des Unternehmens Bus Éireann von der westirischen Stadt Galway bis ins

Dorf Doolin und zurück, gut anderthalb Stunden pro Strecke mit sieben Zwischenstopps. Meistens waren es aber mehr, denn man konnte Noel jederzeit durch Handzeichen zum Anhalten bewegen. Ältere Damen, die in Galway shoppen waren, fuhr er manchmal bis vor die Tür und trug ihnen die Einkäufe ins Haus. Nun wurde er pensioniert.

Der neue Fahrer scheint etwas unsicher, was die Breite seines Busses betrifft. So benutzt er die Katzenaugen am Straßenrand als Orientierungshilfe und fährt konsequent drüber – tatamm, tatamm, tatamm, anderthalb Stunden lang. Und er achtet nicht auf seine Fahrgäste. Neulich stieg eine Frau nach einer Chemotherapie in Galway in seinen Bus. In Ballyvaughan stieg sie aus und wollte ihr Gepäck aus dem Kofferraum holen. Noel hatte das stets für seine Fahrgäste erledigt. Da ihr Gepäck hinter anderen Koffern eingeklemmt war, musste die Frau in den Kofferraum krabbeln. Da schlug der Busfahrer die Klappe zu und fuhr los. Erst 25 Kilometer später, an der Endstation in Doolin, entdeckte er die verstörte Frau im Kofferraum. Wenigstens drückte er ihr keine Strafe wegen Schwarzfahren auf.

Der Ruderer Karol Doherty, 2012 Teilnehmer an den Paralympics in London, hatte eine ähnlich unbequeme Busreise, als er in Dublin in einen Bus nach Donegal im Nordwesten Irlands einsteigen wollte. Doherty muss seit einem Autounfall einen Rollstuhl benutzen. Der Busfahrer weigerte sich jedoch, den elektrischen Rollstuhllift am Seiteneingang zu betätigen, weil er dafür nicht ausgebildet sei. So musste sich Doherty mit den Händen bäuchlings die Stufen hochziehen. Weil es den ganzen Tag geregnet hatte, sah seine Kleidung danach aus, als ob er in einem Ferkelstall übernachtet hätte. Im Gegensatz zu der Frau im Kofferraum zog Doherty vor Gericht. Bus Éireann wurde für die Demütigung zur Schadensersatzzahlung von 1.000 Euro verurteilt.

Das ist freilich ein Klacks im Vergleich zu den zwei Millionen Euro, die Bus Éireann für ein kaputtes ABS-Bremssystem berappen muss. Das System hätte den schweren Unfall mit Personenschaden verhindert, urteilte der Richter. Man überprüfe die Busse regelmäßig, beteuerte ein Sprecher des Unternehmens. Das ließ der Richter nicht gelten: Erstens habe sich herausgestellt, dass die Warnlampe für das defekte ABS am Armaturenbrett abmontiert war, und zweitens habe eine Überprüfung von 55 Bussen ergeben, dass bei 25 das ABS nicht funktionierte.

Zurzeit kann sich die Kundschaft jedoch sicher fühlen, zumindest in Dublin: Die Busfahrer streiken gegen die Sparmaßnahmen des Unternehmens. Dafür nimmt die Polizei nun jede Menge Geld ein: Autofahrer, die glauben, dass sie in Anbetracht der fehlenden Busse die Busspuren benutzen dürfen, werden zur Kasse gebeten.

SCHWUL WEGEN SAUERSTOFFMANGEL

»Andere Nationen haben Sex«, bemerkte der ungarische Schriftsteller George Mikes, der über 50 Jahre in England gelebt hatte, bis er 1987 im Alter von 75 Jahren starb, »die Engländer haben Wärmflaschen.« Wie sie sich vermehrten, war eins der Mysterien der westlichen Welt. Aber von Untenrumgeschichten waren sie schon immer fasziniert. Die Boulevardzeitungen bedienen diese Vorliebe gerne.

Die kleinformatigen Gossenblätter berichteten aufgeregt über Chris Birch, einen 26-jährigen Rugbyspieler aus Süd-Wales, der 120 Kilo wog und kurz vor der Trauung stand. Dann erlitt er beim Training einen Unfall: Bei einem Backflip brach er sich einen Halswirbel und erlitt einen Schlaganfall. Er lag tagelang im Koma, seine Verlobte saß am Bett. Als Birch aufwachte, stellte er überrascht fest, dass er schwul war. Er löste die Verlobung, hungerte sich auf 70 Kilo herunter, verabscheute Sport, gab seinen Job als Bankangestellter auf und ließ sich zum Friseur umschulen. Jetzt wohnt er mit seinem 19-jährigen Partner über dem Frisiersalon. »Merkwürdig«, meint er, »ich kannte vorher gar keine Schwulen.«

Die *Daily Mail* hatte eine Erklärung für Birchs überraschende Umorientierung: Bei einem Schlaganfall werde der Blutzufluss zum Hirn unterbrochen, bestimmte Bereiche erhalten keinen Sauerstoff, die Hirnzellen sterben ab, der Schaden ist da: Homosexualität wegen Gehirnschaden. Aha.

Ein anderer Schaden ist »Uterus didelphys«. So heißt die Doppelanlage der Gebärmutter mit doppelter Zervix und manchmal auch doppelter Vagina. Letzteres interessierte die *Sun* besonders. »Sie musste sich zwei Mal entjungfern lassen«, schrieb das Blatt über Hazel Jones, die über ihre Geburtsanlage in einer Fernsehtalkshow gesprochen hat. Die *S***, das Fachblatt für Spindfotos, das schmuddelige Worte gerne durch Sternchen andeutet, wollte mehr wissen.

Als Jones 18 war, klärte man sie im Krankenhaus über »Uterus didelphys« auf. »Die Ärztin sprach aber in einem solch starken Dialekt, dass ich hinterher immer noch keine Ahnung hatte, was mit mir los war«, sagte Jones. Als sie es endlich kapiert hatte, erzählte sie es überall herum. »Es ist eine großartige Geschichte, um auf einer Party das Eis zu brechen«, findet sie. »Die meisten Männer müssen sich mit einer begnügen, aber mein Freund hat die Wahl.«

Der Pornofilmproduzent Steven Hirsch hat ihr eine Million Dollar für eine Rolle geboten. Er habe seine Kundschaft befragt, und knapp 70 Prozent wollen die doppelte Vagina sehen. Sie könne sich sogar ihren eigenen Partner aussuchen. Am besten Stacy Brown, den Shel Silverstein in einem Lied besungen hat: »Everybody got one, everybody got one, Stacy Brown got two. Ooooh!« Jones habe bereits Erfahrung im Filmgeschäft, stellte die *Sun* fest. Sie spielte in einem Streifen mit, in dem Stoffkatzen, Honig und Sex-Spielzeug vorkommen, verriet der Reporter, dem beim Schreiben vermutlich Speichelfäden aus dem Mund liefen. Aber er fand auch einen negativen Aspekt: Jones müsse bei Vorsorgeuntersuchungen zwei Abstriche machen lassen.

ZUM NACHTISCH EINEN STRAUSSENARSCH

Manche Leute tun alles, um ins Fernsehen zu kommen. Neulich kletterte zum Beispiel ein Mann nackt auf die Statue von Prinz George, dem Herzog von Cambridge, im Londoner Regierungsbezirk und harrte drei Stunden hoch oben aus. Die Polizei sperrte die Gegend weiträumig ab, weil man glaubte, er sei mit einem Messer bewaffnet. Wo aber hätte er das verstecken sollen?

Es ist wenig originell, sich nackt in der Öffentlichkeit zu zeigen und auf Aufmerksamkeit zu hoffen. Schließlich passiert das selbst in England alle Nase lang. Nicht viel besser war die Idee der Tory-Abgeordneten Nadine Dorries, sich zwölf Tage lang ins Dschungelcamp in Australien einsperren zu lassen und vor laufenden Kameras Straußenärsche zu essen. Die alberne Show »I'm A Celebrity, Get Me Out of Here« ist der letzte, verzweifelte Versuch von C-Prominenten, noch einmal von sich reden zu machen, und seien es nur höhnische Bemerkungen.

Dorries hielt das für eine gute Gelegenheit, jüngeren Zuschauern ihre politischen Ziele nahezubringen: Abtreibungsverbot und die Lehre der sexuellen Abstinenz in Schulen. »Ich bin Abgeordnete, weil Gott das so will«, sagte sie einmal. Vermutlich hat Gott bald die Schnauze voll, falls er eine hat. Den Zuschauern, die bei solch närrischer Fernsehkost gewiss hart im Nehmen sind, reichte es schon früher. Sie zwangen Dorries, ein paar Kamelzehen zu vernaschen, bevor sie die Abgeordnete aus dem Dschungelcamp hinauswählten. Auch den Tories ist der Kragen geplatzt. Sie warfen Dorries aus der parlamentarischen Partei. Und bei ihren Wählern ist sie ebenfalls unten durch. Wer will sich schon von einer Frau vertreten lassen, die in einer Wanne voller Würmer badet?

Sie hätten es bevorzugt, wenn sich Dorries um ihren Job gekümmert hätte statt sich einen Monat frei zu nehmen, um Rindergenitalien zu essen. Sie behauptete, sie hätte ihren Fraktionsvorsitzenden Andrew Mitchell – ohne ihm den Grund zu nennen – um Urlaub gebeten. Mitchell bestreitet das. Allerdings bestreitet er auch, einen Polizisten als »Schwachkopf« bezeichnet zu haben, weil der sich weigerte, das Tor zur Downing Street zu öffnen, damit Mitchell mit dem Fahrrad durchfahren konnte. Stattdessen musste er den Seiteneingang nehmen. Der »Schwachkopf« kostete ihn seinen Job, Mitchell musste als Fraktionschef zurücktreten, weil man ihm seine Unschuldsbeteuerungen nicht glaubte.

Nur Dorries, die unter Kollegen »Mad Nad« heißt, hielt damals zu ihm und giftete wie so oft gegen David Cameron, den Premierminister, was der einzig sympathische Zug an ihr ist. Allerdings ist es töricht, den eigenen Chef bei jeder Gelegenheit zur Schnecke zu machen.

Was wird ihr nächster Schritt sein? Sie könnte unbekleidet auf die Statue des Herzogs von Cambridge klettern. Von dort oben blickt sie direkt auf Camerons Amtssitz in der Downing Street. Vielleicht war es ja der Premier, der neulich nackt auf diese Statue geklettert ist, um ein Mal wegen etwas anderem als seiner Austeritätspolitik Schlagzeilen zu machen.

HANDTASCHE MIT FISCHGERUCHSYNDROM

Neulich im Kaufhaus Marks and Spencer in London: Eine junge Frau ruft in der Handtaschenabteilung: »Igitt! Hier stinkt's nach Fisch!« Ihr Freund, offenbar ein Medizinstudent, will sie beeindrucken und doziert: »Manche Menschen leiden unter Trimethylaminuria, dem Fischgeruchsyndrom. Das tritt auf, wenn der Körper zu wenig des Enzyms Flavin produziert. Dann riechen Schweiß und Atem nach Fisch.« Quatsch, gibt die unbeeindruckte Freundin zurück, der Gestank komme aus der Handtasche.

Nun schaltet sich die Verkäuferin ein und hält eine silberfarbene Tasche für 25 Pfund hoch. Die Tasche sei äußerst beliebt, sagt sie, aber einige Kundinnen haben sie wegen des Geruchs zurückgegeben. Tatsächlich riecht die Tasche, als ob sie zum Transport geräucherter Makrelen benutzt worden sei. Auf der Webseite von Marks and Spencer wird das Problem seit Wochen diskutiert. Eine Käuferin hat ihrer Mutter die Tasche zum Geburtstag geschenkt, aber der ist es peinlich, sie zu benutzen: »Sie hat die Tasche tagelang zum Lüften auf die Wäscheleine gehängt, sie hat Parfüm in die Tasche gekippt – nichts hat funktioniert.« Eine andere Kundin hat die Tasche jede Nacht in einen Baum gehängt, aber dann weggeschmissen, weil die Kolleginnen im Büro vermuteten, ihr neuer Freund arbeite in einem Fischgeschäft.

Es gab auch einige mehr oder weniger hilfreiche Tipps. Eine Frau empfahl, die Tasche vorübergehend mit Wodka zu füllen und dann austrocknen zu lassen. Ein törichter Vorschlag: Der Preis für die Tasche würde sich dadurch verdreifachen, und die Besitzerin würde wie eine versoffene Hafenhure riechen. Besser wäre es, ein paar Pommes frittes mit Essig in die Tasche zu geben, denn dann würde sie wie das englische Nationalgericht riechen, und das ist für englische Nasen ein angenehmer Duft.

Den Geruch von rohem, nacktem Fisch ohne Teigmantel mag der Engländer hingegen nicht. Ein David Copp, der in Ilfracombe, einem Fischerort in der südwestenglischen Grafschaft Devon, Urlaub gemacht hatte, beschwerte sich beim Fremdenverkehrsamt über den Fischgestank und den Anblick von zwölf Kisten mit toten Fischen und Krabben im Hafen. »Das will man im Urlaub doch nicht sehen«, meinte er. »Meine Kinder waren geschockt.« Vielleicht sollte er das nächste Mal auf italienischen Spaghetti-Plantagen Ferien machen, die sind geruchsneutral.

Seit kurzem können auch die Französinnen wieder fischige Handtaschen kaufen: Marks and Spencer hat eine Filiale in Paris eröffnet. 2001 hatte das Unternehmen sämtliche 18 Zweigstellen in Frankreich geschlossen, um sich auf den britischen Markt zu konzentrieren, was einen dramatischen Umsatzeinbruch zur Folge hatte. Die Franzosen reagierten damals mit sit-ins und einem Kondolenzbuch für die 1.700 Angestellten, blieben aber friedlich. 1985 dagegen war eine Pariser Filiale in die Luft geflogen, es gab einen Toten und 14 Verletzte. Der Anschlag wurde der Hizbollah zugeschrieben. Möglicherweise war aber nur ein fauliger Fisch in einer Handtasche explodiert.

SCHÖNER WOHNEN FÜR TROTTEL

Dem Engländer an sich ist wenig peinlich. Davon leben eine ganze Reihe von Fernsehsendungen – zum Beispiel jene, bei denen es um »schöner wohnen« geht. Fast jeder britische Sender hat eine solche Show, und sie unterscheiden sich im Konzept nur minimal. Bei allen geht es darum, dass fremde Menschen über eine Bruchbude herfallen und sie renovieren, während ein Kamerateam alles filmt.

Channel 4 hat gleich mehrere dieser Sendungen im Programm. Bei einer geht es lediglich um eine gründliche Reinigung. Man muss entweder ein dickes Fell oder keine Freunde haben, um der Nation seine verdreckte Wohnung zu präsentieren. Die Show »Du verdienst dieses Haus« ist heimtückischer. Mit Hilfe eines kollaborierenden Familienmitglieds wird den Hausbesitzern vorgegaukelt, dass sie ein Wochenende in einem Fünf-Sterne-Hotel gewonnen und zehn Minuten Zeit zum Packen haben. Wenn sie zurückkehren, müssen sie feststellen, dass während ihrer Abwesenheit irgendwelche Dekorateure das Haus nach deren eigenem Geschmack renoviert haben. Der Fernsehsender ITV hat eine Billigvariante: Bei »60 Minuten Verschönerung« bleibt den Hobbyhandwerkern nur eine Stunde, um Unheil anzurichten. Die entsetzten Gesichter der Heimkehrer interpretieren die Moderatoren stets als »freudigen Schock«.

Die Engländer lieben diese Show, weil es so ähnlich ist, wie bei den Nachbarn durchs Schlüsselloch zu spähen – mit der Zugabe einer gehässigen Moderatorin, die sich über den miserablen Geschmack der Bewohner lustig macht, wie bei »Schönere Innenausstattung« von Channel 5. In dieser Show ziehen schlecht gelaunte Handwerker ins Haus der Opfer ein, schmeißen die persönlichen Gegenstände als »Gerümpel« in den Müll, ersetzen die Teppiche durch braunes Laminat und verwandeln das Wohnzimmer in einen Raum, der wie das Foyer einer internationalen Hotelkette aussieht. Am Ende halten die Besitzer meist den Schnabel, um nicht noch mehr gedemütigt zu werden. Aber nicht immer.

Colin Gibson und Judi Campbell aus dem schottischen Perthshire wandten sich an die Presse, nachdem das Channel-5-Team ihr 120 Jahre altes Cottage verhunzt hatte. Die Renovierungsarbeiten waren dilettantisch ausgeführt, der alte Holzfußboden ist nach dem Abschleifen laut Gibson »uneben wie die Sahara«, die Dunstabzugshaube hängt so niedrig, dass die Besitzer sich ständig Kopfverletzungen zuziehen. Und das Original-Treppengeländer ist durch eine Holzlatte ersetzt worden, die »von einem Zwölfjährigen angebracht« wurde, wie Gibson irrtümlich vermutete: Es waren pensionierte Feuerwehrleute.

Das ganze kostete Gibson und Campbell 15.000 Pfund. Obendrein wurden sie als ahnungslose Trottel hingestellt – allerdings zu Recht. Wer so naiv ist, zu glauben, dass es bei solchen Shows um eine Hausverschönerung und nicht um die billige Belustigung der Fernsehzuschauer geht, hat es nicht anders verdient. Vielleicht können sie sich bei »Demolition« bewerben, einer Show von Channel 4, bei der die Zuschauer darüber abstimmen, welche Gebäude abgerissen werden sollen.

DER LANGE GABELARM
DER RACHE

»Kleeneze«, stellte sich der junge Mann vor, der soeben an der Tür geklingelt hatte. »Was für ein ungewöhnlicher Name«, antwortete ich, »aber ich kaufe nichts an der Tür.« Erstens sei das nicht sein Name, und zweitens habe ich sehr wohl etwas gekauft, sagte er und zog triumphierend einen Bestellschein aus der Tasche: »Hier wohnt doch eine Áine?«

Ich zuckte zusammen. Die Gattin, Spezialistin für nutzlose Dinge, von denen man nicht mal weiß, dass man sie nicht braucht, weil man von ihrer Existenz bisher nichts ahnte, hatte wieder zugeschlagen. Herr Kleeneze reichte mir die Tüte, ließ mich unterschreiben und kündigte an, dass er am nächsten Tag zurückkehren würde, um das Geld zu kassieren.

Was hatte Áine wohl diesmal gekauft? Ich war neugierig und zog eine abgerundete Plexiglasscheibe mit Griff aus der Tüte. Danach kam eine Art Laubsägearbeit zum Vorschein: eine schwarze Katze mit Murmeln als Augen und einem dünnen Stab am Bauch, um sie im Garten in die Erde zu stecken. »Für die Tochter«, erklärte Áine später, »weil ihr die Katzen immer in den Garten kacken, aber vor den funkelnden Murmelaugen haben sie Angst.« Es war eine Fehlinvestition. Es seien Hunde, die ihren Garten verunstalteten, erklärte die Tochter, und vor Murmeln fürchteten die sich nicht.

Und die Plexiglasscheibe? Wollte Áine fechten lernen? Wenn man den Pony mit Haarspray einsprühe, erklärte sie, damit die Haare nicht über den Augen hingen, könne man das Gesicht mit der Plexiglasmaske schützen. Darauf wäre ich nie gekommen, was vielleicht daran liegt, dass ich nicht genügend Haare habe, die über den Augen hängen könnten. Es ist erstaunlich, was die Leute alles erfinden. Eine Gabel, an die ein runder Pizzaschneider angeschweißt ist, könnte für einarmige Pizza-Esser nützlich sein. Oder ein motorisierter Plastikhalter, der eine Eiscremetüte dreht, so dass man nur noch die Zunge herausstrecken muss und sich das lästige Drehen per Hand sparen kann. Äußerst praktisch erscheint auch ein elektrischer Ohrtrockner für 80 Euro. Vor der Benutzung solle man sich die Ohren mit einem Handtuch trocknen, heißt es in der Bedienungsanleitung. Eine sadistische Erfindung hingegen ist ein Wecker, der in eine zehn Kilo schwere Hantel eingebaut ist und sich nur abschalten lässt, wenn man die Hantel dreißig Mal stemmt. Ich staunte über so viel irregeleiteten Erfindungsreichtum.

Am nächsten Tag stand Herr Kleeneze wieder vor der Tür. Ich bezahlte, aber er meinte: »Wir müssen über ihre Arbeit als Kleeneze-Agent reden. Sie haben ja gestern unterschrieben, dass sie für uns tätig werden wollen.« Kleeneze verkauft nach dem Pyramidenprinzip. Ich zückte Áines unscheinbare Gabel, die sich auf 1,50 Meter ausziehen lässt, damit auch Menschen in der dritten Reihe am kalten Buffet eine Chance haben, und warnte ihn, dass ich ihn mit meinem langen Gabelarm durchsieben werde, falls er sich näher als 150 Meter an unser Haus heranwagen sollte. »Sie meinen, 1,50 Meter«, höhnte er und trat einen Schritt zurück.

LEBEN IN DER ZUKUNFT

Engländer haben Angst im Dunkeln. Bei einer Umfrage kam heraus, dass zwei Drittel der Insulaner die Winterzeit hassen und nur widerwillig ihre Uhren eine Stunde zurückstellen. Ein Viertel der Befragten meinte sogar, man solle die Uhren im Winter vor- statt zurückstellen, damit es abends länger hell sei und man nicht befürchten müsse, überfallen zu werden. Sie haben recht: Was nützt es, dass es eine Stunde früher hell wird, wenn man noch im Bett liegt. Die Kinder können morgens ruhig im Dunkeln zur Schule gehen, den Weg sollten sie im Schlaf kennen.

Wäre es abends eine Stunde länger hell, würde ein knappes Fünftel der Engländer mehr Sport treiben. Dadurch würde auch die Fettleibigkeit bei Kindern reduziert. Das klingt geradezu, als ob große und kleine Engländer im Sommer über die Sportplätze hetzen und sich gertenschlank trainieren, während sie in Lethargie verfallen und adipös werden, sobald die Uhren umgestellt sind.

Die Winterzeit sei auch an der Rezession schuld, behaupten die Gegner. Die Leute verkriechen sich in ihren Häusern und geben kein Geld aus, außer für Heizöl. Herrscht dagegen das ganze Jahr über Sommerzeit, hätte man angeblich 235 zusätzliche Stunden Tageslicht im Jahr. Eine merkwürdige Rechnung. Sie stammt vermutlich aus Zeiten, in denen die Sonne im britischen Weltreich nie unterging, doch selbst damals hatten die englischen Könige keine Macht über die Drehung der Erde.

Das Argument, dass die ständige Sommerzeit umweltfreundlich sei, weil man weniger heizen müsse, ist genau so abenteuerlich. Glauben die Klotzköpfe, dass es automatisch wärmer wird, wenn man die Uhren auf Sommerzeit stellt? Eigentlich müssten sie es besser wissen, denn von 1968 bis 1971 hatte man in Großbritannien die Winterzeit abgeschafft. Die Schotten protestierten jedoch dagegen, weil es bei ihnen hoch im Norden erst gegen Mittag hell wurde.

Das Ehepaar Warren lebt nicht im Norden, sondern in Weston-super-Mare in Somerset. Die Warrens haben ihre eigene Zeitrechnung aufgestellt: Sie weigern sich seit Jahren, ihre Uhren im Oktober zurückzu-

stellen. Das sei gesünder, behaupten sie. Die Winterzeit habe bei John Warren stets Cluster-Kopfschmer-
zen ausgelöst. »Wir leben in der Zukunft«, meint Janys
Warren. Interessant. Warum schaut sie nicht am
Samstag auf die Lottozahlen, stellt die Uhr eine
Stunde zurück und gibt geschwind einen Tippschein
ab? Für die paar Minuten könnte John die Kopf-
schmerzen in Kauf nehmen.

Die permanente Sommerzeit hätte auch Vorteile für
den Tourismus, glaubt Janys Warren. Fürchten sich
die Touristen etwa auch im Dunkeln? Ihr wichtigstes
Argument für ihre Weigerung, die Zeit umzustellen:
Sie können bis zehn Uhr im Bett bleiben, während
andere um neun Uhr aufstehen müssen. Die Warrens
sind Rentner, sie könnten den ganzen Tag im Bett
bleiben. Dann würden sie auch Heizkosten sparen. Der
irische Satiriker Jonathan Swift hat nämlich geschrieben: »Das Wetter ist sehr warm, wenn man im Bett
ist.«

DIE PILLE GEGEN RASSISMUS

Rassismus ist heilbar. Man muss lediglich am Herzen
erkranken und sich mit einem bestimmten Betablok-
ker behandeln lassen. Das haben Wissenschaftler von
der Universität Oxford herausgefunden. An der Test-
reihe nahmen allerdings nur 36 Probanden teil. Sie
wurden in zwei Gruppen eingeteilt. Die eine bekam
Propranolol, die andere ein Placebo.

Zwei Stunden nach der Einnahme mussten sie sich
einem Test unterziehen, bei dem es um unterschwelli-

gen Rassismus ging. Der war bei mehr als einem Drittel der Testperson mit Betablocker verschwunden. Bei der Placebo-Gruppe traf das auf keinen einzigen zu. Die Wissenschaftler erklären das Ergebnis damit, dass Rassismus auf Angst vor dem Unbekannten beruhe. Betablocker senken die Ruheherzfrequenz und den Blutdruck, wodurch die Angst verschwinde. Aber macht Alkohol nicht ebenso furchtlos? Dann dürfte an den Stammtischen dieser Welt eigentlich kein rassistisches Wort mehr fallen.

Wie dem auch sei. Für Propranolol gibt es jede Menge Einsatzmöglichkeiten – im englischen Fußball zum Beispiel, wo es häufig zu rassistischen Skandalen kommt. Sogar der Ex-Kapitän der Nationalmannschaft musste sich wegen rassistischer Beschimpfung eines Gegenspielers vor Gericht verantworten. Der Richter hätte ihm Betablocker zwangsverschreiben sollen. Andererseits könnte er dann nicht mehr spielen, denn in den meisten Sportarten stehen Betablocker auf der Dopingliste, weil sie als leistungssteigernd gelten.

In der Politik sind sie nicht verboten. Vor allem Norman Tebbit könnte eine hohe Dosis Betablocker vertragen. Früher war er Margaret Thatchers Rottweiler und biss die Kabinettskollegen, die gegen Frauchen rebellierten. Inzwischen ist er 80 und kein bisschen altersweise. So attackierte er eine Parade zum chinesischen Neujahrsfest und versetzte einem Jungen im Drachenkostüm einen Fußtritt. Tebbit ist der Erfinder des »Cricket-Tests«: Der Grad der Integration von Einwanderern sollte daran gemessen werden, welches Land sie beim Cricket anfeuern. Außerdem gehöre Cricket ins olympische Programm, findet Tebbit.

Die Organisatoren der Olympischen Spiele im Sommer 2012 in London wollten weder Cricket, noch Betablocker. Sie veranstalteten mit den freiwilligen Helfern einen Quiz, um ihnen beizubringen, wie sie mit ethnischen Minderheiten, Behinderten oder Homosexuellen umzugehen haben. Eine Frage lautet: »Was tut man, wenn ein Zuschauer nach den Toiletten fragt, man sich aber nicht sicher ist, ob es ein Mann oder eine Frau ist?« Eine Antwortmöglichkeit: Man verfällt in Panik. Eine andere: Man schickt die Person auf die Behindertentoilette. Beides falsch. Eine andere Frage: »Wie reagiert man, wenn ein Zuschauer sich darüber beschwert, dass zwei Männer neben ihm Händchen halten?« Die Antwort, dass man den Zuschauer als homophobischen Idioten beschimpft, ist leider nicht korrekt. Richtig ist es, ihm einen Vortrag über die »große Vielfalt von Menschen bei den Olympischen Spielen« zu halten. Einfacher wäre es, ihm das Maul mit Propranolol zu stopfen.

KEKSKRÜMEL AUF DEM
SPITZENKLEID

Der Tower von London hat seinen Schrecken längst verloren. Früher wurden dort die Gefangenen in dunklen Verliesen aufbewahrt, aber eine Hinrichtung im Tower stand nur den privilegierten Mitgliedern der Gesellschaft zu. Lediglich im Jahr 1312 gelang ein paar Gefangenen der Ausbruch.

Heutzutage brechen Menschen in den Tower ein. Einer ist neulich über das Eingangstor und über ein Innentor geklettert und hat ein schweres Schlüsselbund aus einer Schatulle entwendet, die entgegen den Vorschriften unverschlossen war. Ein Schlüssel zum Saal mit den Kronjuwelen war allerdings nicht dabei, die Schlüssel passten nur für die Zugbrücke, den Konferenzraum und das Restaurant. Peinlich war die Sache dennoch, zumal das Wachregiment, die berühmten »Beefeaters« mit ihren Bärenfellmützen, den ganzen Vorfall beobachtet hatten. Sie konnten den Dieb aber nicht verfolgen, weil sie strikte Anweisungen hatten, ihren Wachtposten nicht zu verlassen.

So musste man geschwind die Schlösser auswechseln lassen, damit der Dieb nicht zurückkommen und unter den Augen der Fleischfresser die Kekse aus dem Restaurant klauen konnte. Die Soldaten hatten zwar die Polizei zu Hilfe gerufen, doch die ließ sich nicht blicken, weil sie anderweitig beschäftigt war – vermutlich mit einem anderen dreisten Keksdieb. Der hatte eine Dose mit Gebäck aus dem Polizeirevier in Devon gestohlen.

Die Beamten waren über den Verlust ihres Pausensnacks so erbost, dass sie den Diebstahl offiziell als Verbrechen anzeigten. Allerdings wollten sie nicht, dass die Öffentlichkeit Wind von ihrem Missgeschick bekam, doch aufgrund des Gesetzes über Informationsfreiheit drang die Geschichte nach außen. Die Polizisten mussten zugeben, dass sie bei ihrer Fahndung bisher keinen Schritt weiter gekommen seien. Aus den Polizeirevieren in Devon sind aber noch ganz andere Sachen geklaut worden, die Liste ist lang: zwei Polizeiwesten, der Tankdeckel eines Kleinwagens, ein Wettschein, zwei Haarspangen und ein Spitzenkleid. Was treiben die Beamten in ihrer Mittagspause?

Keiner der 28 gestohlenen Gegenstände ist je wieder aufgetaucht, die Polizei steht vor einem Rätsel.

Höchstwahrscheinlich handelte es sich bei den Fällen um Insider-Jobs. Knapp tausend britische Polizisten sind nämlich vorbestraft. Das ist aber nur die Spitze des Eisbergs, denn die Statistik enthält nur Taten, die im Amt begangen wurden. Die Verbrechen, die Leute verübt haben, bevor sie die Seiten wechselten und in den Polizeidienst eintraten, sind nicht aufgelistet. Aber auch so ist die Bandbreite der Taten beeindruckend, sie umfasst Drogenhandel, häusliche Gewalt, Geldfälschung, Raubüberfall, Einbruch und auch Diebstahl. Ob Kekse unter dem Diebesgut waren, geht aus der Statistik nicht hervor, ist aber aufgrund des Falls von Devon wahrscheinlich.

Den dortigen Beamten müsste es doch möglich sein, ihren diebischen Kollegen zu überführen. Laut Beschreibung trägt er Haarspangen und hat Kekskrümel auf seinem Spitzenkleid.

MÄNNER, FRAUEN, HANDWERKER

Auf den keltischen Inseln – früher auch als »britische Inseln« bekannt – leben Männer, Frauen und Handwerker. Letztere Gruppe bekam während des Wirtschaftsbooms erheblichen Zuwachs. Weil Elektriker, Klempner und Co. damals sehr gefragt waren und sich wie Herzchirurgen bezahlen ließen, wurde plötzlich jeder zum Handwerker, der einen Nagel halbwegs gerade in die Wand schlagen konnte. Das rächte sich oft mit fatalen Folgen.

Neulich flog ein Haus in Nottinghamshire in die Luft. Nicholas Rourke und seine Schwiegertochter

Jeannette Rourke kamen dabei ums Leben. »Herr Rourkes Leiche wurde im Keller gefunden, Frau Rourkes Leiche wurde am Montagmorgen gefunden«, schrieb der *Daily Telegraph*. Hundert Häuser in der Nachbarschaft mussten evakuiert werden, es sah aus, wie nach einem Bombenangriff, berichtete ein Augenzeuge. Offenbar hatte der 71-jährige Rourke in grenzenloser Überschätzung seiner handwerklichen Fähigkeiten neue Heizkörper an die Gasheizung angeschlossen.

Glimpflicher kamen Martyn und Teresa Moody davon. Sie hatten sich die Küche ihres Luxusbungalows in der englischen Grafschaft Lincolnshire zu einem Esszimmer umbauen lassen. Weil sie deshalb die Gasleitungen nicht mehr benötigten, schnitt Handwerker Daniel Hicking sie einfach unter dem Fußboden ab und versiegelte sie. Dabei durchlöcherte er das Rohr versehentlich. Da er den vorgeschriebenen Test nicht durchführte, blieb das unbemerkt.

Die Moodys nahmen ein paar Stunden später starken Gasgeruch wahr. Unglücklicherweise ist Martyn Moody, ein Bauunternehmer, genauso inkompetent wie sein Handwerker. Weil Hicking offenbar auch bei der Elektrik gepfuscht hatte, funktionierte in einem Zimmer das Licht nicht. So zündete Moody bei der Suche nach dem Gas-Leck sein Feuerzeug an. Es war, als ob »ein Flugzeug ins Haus gekracht« sei, sagte er, als er wieder bei Bewusstsein war. Durch die Explosion wurde das gesamte Gebäude um ein paar Zentimeter nach Osten versetzt. Die Fenster und die Eingangstür landeten in der Nachbargrafschaft. Die Überreste des Hauses mussten abgerissen werden.

Vor Gericht stellte sich heraus, dass Hicking für Gasinstallationen weder eine Ausbildung, noch eine Zulassung hatte. Er sagte zu seiner Verteidigung, er habe gar nicht gewusst, dass es sich bei dem Rohr, das er abgesägt hatte, um eine Gasleitung gehandelt habe.

Manchmal liegt es aber gar nicht an stümperhaften Handwerkern, wenn ein Haus in die Luft fliegt. Anthony Partington hatte sich mit seiner Freundin gestritten, die daraufhin mit den gemeinsamen Kindern zur Schwester zog. Partington sägte die Gasleitungen an, offenbar wollte er sich umbringen. Doch das Gas explodierte und zerstörte zwölf Häuser. Partington überlebte, aber ein zweijähriger Nachbarsjunge kam ums Leben. Nun ist Partington wegen Totschlags angeklagt. Er hätte Hicking anheuern sollen. Der hätte den Job ebenso gründlich erledigt und wäre zum Wohle der keltischen Inseln für längere Zeit aus dem Verkehr gezogen worden.

DANKE, LIEBE TOILETTE!

Ich habe mich artig bei meiner Toilette bedankt. Dazu bin ich von den Vereinten Nationen aufgefordert worden, denn die hatten den »Tag der Toilette« ausgerufen. Damit sollte in Erinnerung gerufen werden, dass 2,5 Milliarden Menschen kein Klo besitzen, und das führe zu Krankheiten. In Indien besitzen mehr Menschen ein Handy als eine Toilette.

So wird es auch bald auf den Ryanair-Flügen sein, denn Fluglinien-Chef Michael O'Leary will die Klos in seinen Flugzeugen abschaffen. Von mir aus kann er das ruhig tun, denn erstens fliege ich nur im Notfall mit dieser Discounter-Linie, und zweitens gehe ich während eines Mittelstreckenfluges nie aufs Klo, sondern sitze am Fenster und will meine Ruhe haben. Ich will auch nicht gefragt werden, ob ich etwas zu essen oder trinken bestellen oder gar »Duty Free« einkaufen möchte, zumal das eine dreiste Lüge ist, denn zollfreie Waren gibt es bei Reisen innerhalb der EU schon lange nicht mehr. Auch früher, als kostenlose Backwaren und Freigetränke im Flugzeug serviert wurden, habe ich das stets abgelehnt. Warum soll man – eingezwängt zwischen Sitznachbar, Fenster und Plastikklapptisch – an einem Keks knabbern und ein Heißgetränk zu sich nehmen, wenn das unweigerlich zu einem versauten Oberhemd führt? Außerdem muss man nach dem dünnen Kaffee womöglich auf die Toilette.

Ryanair will die Klos allerdings nicht gänzlich abschaffen, sondern eins behalten. Die restlichen sollen durch Sitzplätze ersetzt werden, denn die bringen mehr Geld als die Toiletten, selbst wenn man einen Euro Benutzungsgebühr erhebt, wie O'Leary vor einigen Jahren laut überlegte. Selbst bei schwachen Blasen oder einer Durchfallepidemie würde sich das nicht rechnen. Was passiert eigentlich mit den Exkrementen? Man hört immer wieder, dass gefrorene Stinkbomben wie ein blauer Meteor – wegen der bläulichen Sanitärflüssigkeit – zu Boden stürzen und Hausdächer demolieren. Nicht möglich, beteuern die Fluggesellschaften, außer im Falle eines Lecks an der Außenklappe. Ansonsten wird das Zeug nach der Landung abgepumpt.

Im Gegensatz zu den winzigen Flugzeugtoiletten, die man nur mit Verrenkungen benutzen kann, sind die »Pop-up Loos«, die neuerdings in London und Amsterdam eingesetzt werden, geradezu luxuriös. Das sind große Zylinder mit Pinkelbecken, die nachts aus dem Boden aufsteigen und im Morgengrauen wieder in der

Erde verschwinden, so dass nur noch die Dachplatte zu sehen ist. Diese versenkbaren Klos sollen verhindern, dass Männer auf dem Nachhauseweg vom Wirtshaus in die Grünanlagen pinkeln. Wer tagsüber trinkt, muss aber weiterhin ins Gebüsch.

Die Briten behaupten ja, die Toilette erfunden zu haben. Andererseits wissen zumindest die britischen Männer bis heute nicht, wie man sie richtig benutzt. Wenn man kurz vor dem Zapfenstreich in einem Pub das Herrenklo aufsucht, bietet sich ein Bild des Grauens. Auf dem Boden liegt verstreutes Toilettenpapier, die Klobecken sind dreckig, weil niemand die Bürste benutzt, und die Sitze sind urinklebrig, weil sich keiner die Mühe macht, vor dem Stehpinkeln die Brille hochzuklappen.

Wenn es dagegen um Kloexzentrik geht, sind die Briten kaum zu schlagen. Als Elisabeth II. 1989 Jersey besuchte und eine Inselrundfahrt machte, hatten die Bewohner zuvor einen strategisch günstigen Bauernhof ausgesucht und dem Farmer eine 25.000 Pfund teure Toilette in den Garten gestellt. Die Queen hatte aber eine stärkere Blase als angenommen.

In Schottland machen sie es noch eine Nummer teurer. Die Insel Handa liegt fünf Kilometer vor der Nordwestküste, sie ist seit Mitte des 19. Jahrhunderts unbewohnt, wenn man von den dort brütenden 100.000 Meeresvögeln absieht. Die locken im Sommer zahlreiche Hobby-Ornithologen an, und damit die es den Vögeln nicht gleichtun und die Insel zukacken, hat man ihnen jetzt eine Toilette für 50.000 Pfund hingestellt. Das Klo musste mehr als zwei Meter tief in den Boden einzementiert werden, damit es bei den regelmäßigen Stürmen nicht wegfliegt. Das Boot, das die Baumaterialien lieferte, musste den Landungsversuch wegen des Wetters mehrmals abbrechen, aber nun steht das Häuschen auf dem Hügel über dem Strand. Es ist vermutlich die abgelegenste öffentliche Toilette der Welt.

Erfunden haben die Briten sie aber dennoch nicht. In Mesopotamien gab es bereits 2400 v. Chr. öffentliche Klos, die Griechen kannten Etablissements mit Platz für 44 Notdürftige, von den Römern ganz zu schweigen: Ihnen bescheinigte James Joyce geradezu eine Latrinenbesessenheit.

Ich habe den Welttoilettentag würdig mit Joyce begangen: Unser Freund Aribert hat uns ein Anti-Hämorrhoiden-Toilettensitz geschenkt. Zwar leide ich nicht unter arteriovenösen Gefäßpolstern, aber der bequeme Schalensitz lädt zum Verweilen ein. Er ist komfortabler als unsere geerbte tiefliegende Zwei-Sitz-Couch. Am Tag der Toilette habe ich den Ulysses auf dem Klo gelesen. Danke, Toilette!

DOORNAPPING IM MORGENGRAUEN

Martin hatte uns versetzt. Wir waren im Wirtshaus verabredet, aber er tauchte nicht auf. Ein paar Tage später traf ich ihn zufällig in der Dubliner Innenstadt und stellte ihn zur Rede. »Ich konnte nicht kommen, weil ich meine Haustür nicht abschließen konnte«, entschuldigte er sich. Hatte er den Schlüssel verloren? »Nein«, antwortete er ein wenig gereizt. »Die Tür war weg.« In Anbetracht meines ratlosen Gesichts schob er eine Erklärung nach, die aber nicht wirklich Licht in die Sache brachte: »Man hatte sie als Geisel genommen.« Entführungen kommen in Irland nicht sehr häufig vor, und von einer gekidnappten Tür hatte ich erst recht noch nie gehört.

Martin ist Anfang 60 und arbeitet seit rund 40 Jahren als Lehrer. Er ist alleinstehend und lebt in einem hübschen Reihenhaus im Norden der irischen Hauptstadt. Weil das Haus ziemlich geräumig ist, vermietete er ein Zimmer an seinen Bekannten Brian. Als Sozialist war es Martin aber unangenehm, Miete zu kassieren, noch dazu von einem Genossen. So schlug er Brian vor, kostenlos bei ihm zu wohnen und als Gegenleistung kleinere Instandhaltungsarbeiten am Haus verrichten.

Zunächst sollte Brian das Wohnzimmer streichen. Danach kamen Flur und Küche dran. Weil noch Farbe übrig war, schlug Martin vor, im Treppenhaus weiterzumachen. Dafür reichte die Farbe nicht ganz. Brian kaufte einen weiteren Eimer, aber nun war nach der Renovierung des Treppenhauses erneut Farbe übrig. So machte er im Obergeschoss weiter. Nachdem das ganze Haus frisch gestrichen war, fiel Martin ein, dass die Elektrik einer Generalüberholung bedurfte. Brian wandte ein, dass man dazu die blütenweißen Wände aufreißen müsste. Martin antwortete ungerührt: »Du hast doch noch einen halben Eimer Farbe übrig. Das reicht doch locker, um nach dem Verputzen nochmal mit einem Pinsel drüber zu gehen.«

Als Brian dann auch noch zu Klempnerarbeiten im Badezimmer herangezogen werden sollte, verschlechterte sich das Verhältnis zwischen den beiden so sehr, dass Brian schließlich auszog. Er hatte in den kurzen fünf Wochen des Zusammenlebens Martins Haus praktisch generalüberholt und präsentierte ihm zum Abschied eine Rechnung – abzüglich der ortsüblichen

Miete. Martin hatte jedoch nicht die Absicht, zu bezahlen.

Er war stolz darauf, in seinem gesamten Berufsleben noch nie zu spät zur Arbeit gekommen zu sein. Jeden Morgen um Punkt acht verließ er das Haus. An diesem Morgen war jedoch alles anders. Die Haustür war verschwunden. Um drei Minuten nach acht klingelte das Telefon. Es war Brian, der die Gewohnheiten seines Ex-Vermieters genau kannte. »Ich will 600 Euro, die von einem Mittelsmann deiner Wahl zu übergeben sind«, verlangte er. »Dann bekommst du die Tür wieder.« Brian hatte sie nachts um fünf entwendet. Da er noch einen Haustürschlüssel hatte, war es ein Kinderspiel.

»Was sollte ich machen«, meinte Martin erbost. »Ich musste zahlen. Und ich bin zum ersten Mal in meinem Leben zu spät zur Schule gekommen.« Kurz darauf ließ er sich pensionieren.

HANDYKUCHEN UND MUTTERKUCHEN

Aribert hatte Glück. Sein Handy war ihm unbemerkt aus der Tasche gefallen, und er überrollte es mit seinem Auto. Am nächsten Tag fand er das Mobiltelefon, es war tief in den Schotter gepresst, funktionierte aber noch. Das Glück währte nicht lange: Ein paar Tage später wollte er ein Foto aus einem ungewöhnlichen Blickwinkel machen und legte sich auf den Boden – und auf das Handy. Es hatte zwar dem Auto standgehalten, nicht jedoch Ariberts Gewicht.

Áine schaffte es, zwei Handys auf einem Schlag zu ruinieren. Da sie ihr Bein in Gips hatte, wurde jeder Toilettengang zu einer akrobatischen Übung. Dabei fielen ihr sowohl das Diensthandy, als auch das private Telefon aus der Jackentasche geradewegs ins Klo – zwei Totalschäden. Áine war ebenso wenig versichert wie Aribert.

Dabei scheint eine Handy-Versicherung durchaus empfehlenswert, wenn man den Bericht einer britischen Versicherungsgesellschaft über die originellsten Schadensmeldungen des Jahres 2012 liest. Mehr als 60 Handybesitzer haben ihre Geräte demoliert, weil sie unterwegs Textnachrichten verfassten und dabei gegen ein Hindernis liefen.

Eine Frau aus Nottingham hatte ein nagelneues Nokia-Handy in eine Geburtstagstorte für ihre Tochter eingebacken. Nach einer Stunde bei 200 Grad war das Telefon gar. Eine andere Handy-Besitzerin behauptete, sie sei mit ihrem Cocker-Spaniel am Strand von Barry Island in Wales spazieren gegangen, als eine Möwe ihr das Handy entwendete. Einem 30-jährigen hatte angeblich ein Affe das Handy geklaut, als er im Longleat Safari Park Fotos aus dem offenen Autofenster machen wollte.

Eine 29-jährige aus Bristol hatte ihr Telefon zerstört, weil sie es mit Hilfe des Vibrationsalarms als Vibrator benutzten wollte. Sie hätte sich eine andere Erklärung ausdenken sollen, denn die Versicherung weigerte sich wegen des »unsachgemäßen Gebrauchs«, für den Schaden aufzukommen. Ein Blur-Fan war mit seiner Reklamation ebenso erfolglos. Er wollte 60 Pfund für ein Konzertticket seiner Lieblingsband im Londoner Hyde Park sparen und war auf einen Baum in der Nachbarschaft geklettert, von wo aus er das

Konzert mit seinem Handy filmen wollte. Als die Band die Bühne betrat, geriet er so aus dem Häuschen, dass er das Handy fallen ließ.

Ebenso wenig Verständnis hatte die Versicherung für einen Pyrotechniker, der bei den britischen Feuerwerksmeisterschaften in Plymouth sein Handy in der Gefahrenzone liegen ließ. Das Gerät wurde tausend Meter in die Luft geschleudert und explodierte dann in phantastischen Farben. Auf mehr Nachsicht stieß eine Frau, die der Versicherung erklärte, dass sie ihrem untreuen Partner das Handy an den Kopf werfen wollte, ihn aber verfehlte, so dass das Telefon an der Wand zerschellte.

Der erste Preis für die beste Handy-Schadensmeldung ging an einen Bauern aus Devon, der sein iPhone als Taschenlampe benutzt hatte, um einer Kuh beim Kalben zu helfen. Das Handy verschwand in der Kuh und tauchte erst mit der Nachgeburt wieder auf, war aber nicht mehr zu gebrauchen.

DER MIT DER MAUS TANZT

Am Restalkohol von Silvester lag es nicht. Was da seelenruhig durch mein Büro lief, war eine Maus, und zwar eine recht große. Da ich wegen eines Rohrbruchs in der Wand die Regale leeren und Hunderte von Büchern auf dem Boden stapeln musste, fühlte sich die Maus recht sicher und wollte offenbar ein Nest bauen. Das wollte ich gerne verhindern.

In einem Buch über alte Hausmittel fand ich einen interessanten Hinweis zur Mausvertreibung: »Unterschiedliche Handlungen, wie Opfer bringen, Lärm, Beschwörungsformeln, das Anrufen von Heiligen, aber auch die Verwendung von Knoblauch sind dafür geeignet.« Wen sollte ich – außer der Maus – mitten in der Nacht opfern? Es musste andere Möglichkeiten geben. Eine »Angeldust« schrieb in einem Forum: »Huhu, ich bin mir nicht ganz sicher, aber irgendwo habe ich mal gelesen, dass der Geruch anderer Mäuse andere Mäuse abhalte.« Huhu, Angeldust, nicht so viel PCP nehmen.

Im Internet gibt es Hunderte mehr oder weniger hilfreicher Hinweise. Die meisten raten zu Lebendfallen. Wikipedia empfiehlt eine am Rande eines Eimers angebrachte Wippe, an deren Ende ein Köder befestigt ist: »Die Mäuse gelangen über eine Klettergelegenheit zu dieser Wippe. Wenn sie sich auf der Wippe zum Köder vorwagen, bekommen sie Übergewicht und rutschen in den Eimer.« Ein Mäusespielplatz in meinem Büro? Darüber hinaus müsse man die gefangene Maus in eine abgelegene Region transportieren, denn sonst laufe »man Gefahr, dass sie aufgrund ihres guten Orientierungssinnes zu ihrem alten Wohnort zurückfindet«. Daraus könnte sich eine langfristige Beziehung entwickeln: Die Maus verspeist den Köder, wird zu einer Spazierfahrt ins Auto geladen, und während sie sich zu Fuß auf den Heimweg macht, wird zu Hause die nächste Mahlzeit für sie vorbereitet.

Meine Maus hatte inzwischen »Die Kindermörderin« von Peter Hacks entdeckt und Fetzen davon unter das Bücherregal geschleppt. Ich beschloss, die Fortsetzung zu schreiben: »Der Mausmörder.« Aber eine Chance wollte ich ihr noch geben: Ich öffnete die Haustür und harrte eine halbe Stunde lang in der Kälte, doch der widerspenstige Nager wollte den Wink nicht verstehen, was man ihm in Anbetracht des Hagelsturms nicht wirklich verübeln konnte. Stattdessen machte er sich über den nächsten Hacks-Band her. Das bedeutete Krieg. Ich holte die Supertodesfalle vom Dachboden und bestückte sie mit reifem Camembert.

Der Käse war am nächsten Morgen verschwunden, aber die Falle war nicht zugeschnappt. Das gleiche geschah an den folgenden beiden Tagen. Das Tier musste über Werkzeug verfügen, um den Schnappmechanismus zu blockieren, während sie den Köder fraß. Die Falle funktionierte nämlich theoretisch einwandfrei, wie mein geschwollener Zeigefinger belegt. Wenigstens hat der Nager aus Freude über den Käse die Hacks-Bücher wieder herausgerückt.

So feierte ich das Mausfest, wie man es in Norwegen bis Ende des 18. Jahrhunderts getan hat: Die Menschen zogen ihre Sonntagskleider an und verbrachten den Tag schlafend im Bett.

DER ELEKTRISCHE HUND

Es ist noch gar nicht so lange her, dass Irland elektrifiziert ist. Zwar hatten die meisten Städte schon in den dreißiger Jahren Strom, aber auf dem Land verzögerte sich der Ausbau des Netzes durch den Weltkrieg. Erst 1973 war der Prozess abgeschlossen. Auf den vorgelagerten Inseln dauerte es länger, die letzte wurde erst 2003 angeschlossen. Deshalb müssen die Iren noch Erfahrung beim Umgang mit Strom sammeln.

Mein Bekannter Shay hat einen Hund, und weil der auch nachts entleert werden muss, ging er mit dem

Tier um halb eins bei Nieselregen vor die Tür. Die beiden warteten auf einer Verkehrsinsel im Dubliner Stadtteil Cabra an der Ampel auf Grün, als der Hund plötzlich jaulte und in Zuckungen verfiel. Ein epileptischer Anfall? Shay wollte seinen vierbeinigen Freund beruhigen, doch dem Hund stand der Sinn nicht nach Streicheleien. Der bisher stets friedfertige Köter biss zwei Mal kräftig zu, so dass Shay vor Schmerzen in die Knie ging. Da wurde ihm im wahrsten Sinne des Wortes schlagartig klar, warum sich der Hund so garstig benahm: Die gesamte Verkehrsinsel stand unter Strom. Da Shay im Gegensatz zu seinem Kläffer Schuhe mit Gummisohlen trug, hatte er das zunächst nicht bemerkt.

Shay zog den Hund am Halsband hoch, setzte ihn ins Auto und fuhr in die Notaufnahme – nicht wegen des lädierten Tieres, sondern um sich seine Hände verbinden und sich eine Anti-Tetanusspritze verpassen zu lassen. Auf dem Nachhauseweg hielt er an der elektrischen Verkehrsinsel an. Der Hund verkroch sich vor Entsetzen unter dem Beifahrersitz. Da Shay Hobbyelektriker ist, hat er immer einen Spannungsprüfer im Auto. Der Test ergab, dass nicht nur die Verkehrsinsel, sondern auch der Fußgängerüberweg unter 240 Volt Strom stand. Offenbar leckte die Laterne am Straßenrand, denn deren Mast war ebenfalls elektrisch geladen. Man hätte alle möglichen Haushaltsgeräte daran anschließen können.

Shay fuhr zur Polizei, um die Sache zu melden. Der Beamte war nicht interessiert. Auf Shays Einwand, dass in wenigen Stunden Kinder auf ihrem Schulweg die elektrische Straße überqueren würden, antwortete er, dass er von Strom keinen blassen Schimmer habe, und schickte Shay nach Hause. Der rief statt dessen die Elektrizitätsgesellschaft an. Dort zeigte man mehr Interesse. Der diensthabende Stromwächter schaltete sämtliche Laternen im Viertel ab und ließ die Straße sperren.

Handelte es sich bei der Sache vielleicht um einen Versuch? Anthony Tomson von UniServices, einem Unternehmen aus Neuseeland, behauptet, dass Elektroautos die Zukunft gehöre. Aber es sei umständlich, die Karren zum Aufladen an die Steckdose anschließen zu müssen. Deshalb hat seine Firma Ladepads entwickelt, die Eletroautos beim Parken automatisch laden. Das sei aber nur ein erster Schritt auf einem Weg, an dessen Ende regelrechte Ladestreifen auf der Straße die Autos beim Fahren nachladen, sagt Thomson.

Shays Hund hält davon gar nichts. Er weigert sich seit seiner Aufladung, das Haus ohne Gummistiefel zu verlassen.

MIT MUSIK IN DEN ABGRUND

Ich bin ihm lästig, das merke ich sofort. Der Schalterbeamte in der Bank of Ireland in Dublin schiebt mir meine Kreditkartenrechnung und das Bargeld unter der Sicherheitsglaswand zurück und sagt mit gequältem Gesichtsausdruck:»Hier nicht.« Aber es handle sich um eine Kreditkarte seiner Bank, wende ich ein. »Das ist egal«, entgegnet er. »Du musst am Automaten bezahlen.«

Der steht in der hintersten Ecke der Bank, und davor steht eine Schlange. Seit neuestem kann man am Schalter keine Rechnungen mehr bezahlen. Im Grunde kann man gar nichts mehr, außer Geld tauschen, aber nur die gängigen Währungen. Und auch das wird bald der Automat übernehmen. Die Bankbosse wollen die störenden Kleinkunden loswerden, um sich ihrer Lieblingsbeschäftigung, dem Spekulieren, hingeben zu können. Damit haben sie die Bank schon einmal an die Wand gefahren, so dass sie von mir gerettet werden musste. Na ja, nicht von mir allein, sondern auch von den anderen Steuerzahlern. Eigentlich gehört mir die Bank, jedenfalls ein Bruchteil davon.

Aber das nützt mir nichts, ich muss an den Automaten. Als ich meine Kreditkarte einschiebe und auf »Bezahlen« drücke, öffnet sich ein Schacht wie ein gieriges Maul. Irgendwie ähnelt der Automat nun Seán Fitz-Patrick, dem ehemaligen Geschäftsführer der Pleitebank Anglo-Irish. Nachdem ich mein Geld in den

Schlund gestopft habe, schließt sich die Klappe, und der Automat macht ein Geräusch, als ob er das Geld schreddert – ziemlich passend, wenn man bedenkt, wie viele Milliarden diese Bank an den Finanzmärkten geschreddert hat. Wenigstens rückt die Maschine eine Quittung heraus.

Ausgerechnet FitzPatrick hat übrigens juristische Schritte gegen ein Musical eingeleitet, weil er darin vorkommen sollte. »Anglo: The Musical« lief im von Daniel Libeskind entworfenen Grand Canal Theatre in Dublin. Die Protagonisten wurden von Puppen dargestellt, darunter der irische Premierminister Enda Kenny, seine beiden Vorgänger Bertie Ahern und Brian Cowen sowie Angela Merkel. Dennoch war es keine Horroshow, sondern eine schwarze Komödie.

Es war die Geschichte des keltischen Tigers, wie der vorübergehende irische Wirtschaftsboom genannt wurde. Das Ehepaar Diarmuid und Aisling lebt auf Inisduill, einer Insel vor der irischen Westküste. Der Speckgürtel um die Hauptstadt Dublin hat sich bis in den Atlantik ausgedehnt, und die Anglo-Irish Bank eröffnet eine Zweigstelle auf Inisduill. Die Bank überredet Diarmuid und Aisling, einen Kredit in Höhe von 890 Millionen Euro aufzunehmen. Die Folgen sind vorhersehbar.

Eins der 16 Lieder in dem Musical heißt: »Häng noch eine Null dran, er ist ein Freund.« Ein anderes: »We Are Where We Are and Where We Are Is Fucked.« Und dann gibt es noch das Lied »Immobilien-Porno«, in dem alle Schlagwörter des Baubooms vorkommen, wie »Bijou«, eine Art Kleinod, oder ein »nach Süden ausgerichteter sonniger Garten«. Möge FitzPatrick eine Zelle mit Blick nach Süden bekommen.

AUTOS MIT TRISKAIDEKAPHOBIE

Die Iren sind Angsthasen – jedenfalls acht Prozent von ihnen. Damit die nicht die Bilanzen der Autohändler ruinieren, hat deren Lobby eine neue Regelung durchgesetzt: Neujahr 2013 wurden die Nummernschilder verändert. Bisher zeigten die ersten beiden Ziffern das Jahr der Erstzulassung, gefolgt von der Abkürzung der jeweiligen Grafschaft und einer fortlaufenden Nummer.

Weil sich aber mehr als 300.000 Iren vor der Zahl 13 fürchten, würden sie 2013 kein neues Auto kaufen, so schwante den Autohändlern. Sie erreichten, dass im ersten Halbjahr statt der 13 die Zahl 131 und ab Juli die Zahl 132 auf die Kfz-Kennzeichen kam. Das hatte einen günstigen Nebeneffekt. Zuvor schnellten die Autoverkäufe zu Anfang des Jahres in die Höhe und ebbten dann stetig ab, denn ein im Januar zugelassener Wagen hat denselben Wert wie einer, der zum ersten Mal im Dezember angemeldet wurde. Die neuen Schilder sollten zu einem zweiten Boom im Juli führen.

Die Autohändler hatten vor 25 Jahren durchgesetzt, dass das Jahr der Erstzulassung auf den ersten Blick zu erkennen ist. Bis dahin bestanden die Kennzeichen wie heute noch in Großbritannien aus einer obskuren Buchstaben- und Ziffernkombination, die nur Experten durchschauten. Mit der Farbe der Schilder nahm man es damals auch nicht besonders genau, man konnte sie passend zum Autolack wählen, und wer Kursivschrift oder gotische Runen bevorzugte, hatte freie Hand.

Dann begann langsam der wirtschaftliche Aufschwung, und die Autohändlerlobby wollte die Neureichen bei ihrer Eitelkeit packen. Die Jahreszahl musste auf das Kennzeichen, damit man vor den Nachbarn protzen konnte. Wer dagegen sein Auto pflegte, so dass es auch nach fünf Jahren wie neu aussah, hatte keine Chance: Das Nummernschild entlarvte ihn als Versager. Die Rechnung ging auf. Vorbei waren die Zeiten, in denen sich betagte Vehikel über Irlands Straßen schleppten.

Der Boom ist längst vorbei, die Zahl der verkauften Autos ist zurückgegangen, aber die Händler wollen sich nicht durch die Triskaidekaphobie, wie die Angst vor der 13 wissenschaftlich heißt, endgültig in den Ruin treiben lassen – als ob die angebliche Unglückszahl irgendetwas mit der Zurückhaltung der Kundschaft zu tun hätte. Grund dafür ist die Austeritätspolitik der irischen Regierung. Die hat einen nach dem anderen Sparhaushalt verhängt, der die mittleren und unteren Einkommensschichten schröpft, um die Bankschulden zu zahlen.

Premierminister Enda Kenny von der konservativen Partei Fine Gael muss sich aber keine Sorgen machen, dass er für seine verheerende Politik bestraft wird. Er ist der zwölfte Taoiseach, wie der Premier in Irland genannt wird, seit das Amt 1937 mit der Verabschiedung der irischen Verfassung eingeführt wurde. Und er wird es wohl bis zu seinem Tod bleiben, denn niemand wird so verrückt sein, gegen ihn anzutreten und womöglich zu gewinnen. Wer will schon der 13. Taoiseach werden?

DIE OBSZÖNE LAURA

Eine irische Tradition geht zu Ende. Die irische Regierung hat überrascht festgestellt, dass man sich im 21. Jahrhundert befindet und will nun die Zensurbehörde abschaffen. Dabei hat sie in den 90 Jahren ihrer Existenz ganze Arbeit geleistet. Noch 1993 wurde Madonnas eher harmloses Sexbuch mit einem Importverbot belegt. Damit stand die Rocksängerin in einer Reihe mit Joyce, Zola, Thomas Mann, O'Casey, Gide, Dos Passos, Hemingway, Kant, Balzac, O'Flaherty, Sartre, Voltaire, Hugo, Orwell, Remarque, Proust, Steinbeck, Huxley, O'Faolain, de Beauvoir, Somerset Maugham und vielen anderen, die einmal Opfer der staatlichen Zensur Irlands wurden.

In den siebziger und achtziger Jahren durfte Gerry Adams, Präsident von Sinn Féin, dem politischen Flügel der damals noch existierenden Irisch-Republikanischen Armee (IRA), zwar im Fernsehen interviewt, aber nicht gehört werden. Was er sagte, wurde von einem Reporter nachgesprochen – lippensynchron und mit Belfaster Akzent. Befürchtete man, dass die Zuschauer flugs zu den Waffen greifen würden, sobald sie Adams' Originalstimme hörten? Der Mann hat zwar Charisma, aber keine hypnotischen Fähigkeiten, soweit man weiß.

274 Bücher und Zeitschriften stehen in Irland immer noch auf dem Index, darunter »Verblüffende Detektivgeschichten« und »Gewagte Romanzen«, die in den fünfziger Jahren als obszön eingestuft wurden. Seit 2003 ist kein Buch mehr verboten worden, und seit fünf Jahren ist bis auf eine Ausnahme keine Publikation mehr an die Zensurbehörde verwiesen worden.

Deshalb wurden 2011 keine neuen Zensoren ernannt, als die Amtszeit der damaligen Mitglieder zu Ende ging. Nun will die Regierung die Sache zu Ende bringen und das Zensurgesetz aufheben. Das geht aber nicht so einfach.

Zuvor muss die Geisterbehörde vorübergehend zu neuem Leben erweckt werden, denn sie muss sich mit dem einzigen Buch beschäftigen, gegen das eine Beschwerde vorliegt. Der Roman »Laura« soll obszön sein und Abtreibung befürworten. Es geht darin um einen irischen Abgeordneten, der eine Affäre mit seiner Sekretärin beginnt. »Ihre unerfahrenen Hände berührten ihn so zögernd, dass jeder Muskel in seinem Körper sich nach Erfüllung sehnte«, beginnt die eher peinliche als obszöne Sexszene. »Als er in sie eindrang, wusste er, dass es ihr erstes Mal war. Sie grub ihre Finger stöhnend und nach Luft schnappend in seinen Rücken.« Die Leser schnappen vermutlich vor Langeweile nach Luft und graben ihre Finger stöhnend ins Kissen. Natürlich wird die Sekretärin schwanger, und der Abgeordnete, ein erklärter Abtreibungsgegner, rät ihr zu einem Schwangerschaftsabbruch. Die Sache ist so spannend, wie Farbe beim Trocknen zu beobachten.

Justizminister Alan Shatter musste jedenfalls vorübergehend neue Zensoren ernennen, die über »Laura« befinden sollen. Der Autor des grauenhaften Gestammels ist übrigens Alan Shatter, der als Justizminister inzwischen zurückgetreten ist – allerdings nicht wegen des Buches, sondern wegen anderer Skandale. Wenn die Kurzzeitzensoren ein Einsehen haben, verbieten sie das Buch aus Qualitätsgründen.

HÜTCHENSPIEL FÜR NOTLEIDENDE BANKEN

Jetzt haben sie den Salat. Irlands Regierung muss einen gigantischen Flohmarkt organisieren, um Geld für die Anteilseigner irischer Banken aufzutreiben. Wie die Webseite PornGrabCombo erfahren hat, sollen in den Sommerferien auf dem Platz vor dem Dubliner Parlament Leinster House Stände aufgebaut werden, an denen allerlei Waren und Dienstleistungen angeboten werden. Gesundheitsminister James Reilly soll Organspenden entgegennehmen und für fünf Euro den Blutdruck messen. Kunden, die wegen stark erhöhtem Blutdruck kurz vor einem Schlaganfall stehen, kann Reilly beruhigen, denn der Minister ist es gewohnt, Probleme im Gesundheitsbereich herunterzuspielen.

Transportminister Leo Varadkar soll den Verkehr vor dem Parlament regeln, denn der Andrang wird groß sein. Ex-Justizminister Alan Shatter kommt am Alkoholstand zum Einsatz. Zu jedem Schnaps gibt es ein von Reilly ausgestelltes Asthmaattest für den Nachhauseweg. Shatter kam nämlich bei einer Verkehrskontrolle um den Alkoholtest herum: Er sei Asthmatiker und könne nicht ins Röhrchen blasen, hatte er den Beamten weisgemacht. Kunstminister Jimmy Deenihan verkauft selbstgestrickte Topflappen, während Sozialministerin Joan Burton Buttergutscheine verlost.

Der Chef hingegen, Premierminister Enda Kenny, betätigt sich als Hütchenspieler, denn es gehört zu seinen Spezialitäten, die Leute hinters Licht zu führen. Seine Empörung über die Chefs der Pleitebank Anglo-Irish, die sich in Telefongesprächen über die staatliche Bankenaufsicht und die Politiker lustig gemacht hatten, wirkte fast echt. Dabei hatten die Bankiers allen Grund für Lästereien.

Schließlich haben korrupte Politiker jahrzehntelang die kriminellen Aktivitäten der Banken und der Bauwirtschaft nicht nur geduldet, sondern mit Gesetzen gefördert und gedeckt. Die berechtigte Verachtung für diese Bagage klingt in jedem Satz der aufgenommenen Telefongespräche zwischen den beiden Spitzenmanagern der Anglo-Irish Bank mit. Die Veröffentlichung dieser Aufzeichnungen ist allerdings ein Geschenk des Himmels für die Regierung: Sie steht nun als Opfer da, die Bankiers haben den schwarzen Peter. Bestraft werden sie aber nicht, denn das würde jede Menge Dreck aufwühlen. Man hatte ja geahnt, dass Fine Gael sich beeilen würde, ihr Schäfchen ins Trockene zu bringen, als sie an die Macht kam. Sie hatte in der Vergangenheit weniger Zeit dafür und wurde schneller wieder abgewählt als die Konkurrenz von der ebenso rechtskonservativen Fianna Fáil. Aber die Unverfrorenheit, mit der die Regierungspartei vorgeht, ist dann doch erstaunlich.

Allen voran der Minister für Jobs, Richard Bruton. 2010, als seine Partei noch in der Opposition war, unternahm er einen Putschversuch gegen seinen Parteichef. Die Menschen hätten kein Vertrauen mehr in Enda Kenny, argumentierte Bruton und stellte sich als Vertrauensperson zur Verfügung. Der Putsch misslang kläglich. Bruton sagte danach, es wäre heuchlerisch, in Kennys Schattenkabinett zu bleiben. Kurz darauf machte Kenny ihn zum Sprecher für Handel und nach der gewonnenen Wahl zum Minister. Dafür bekommt der Heuchler 175.000 Euro im Jahr – plus Spesen und Sonderzulagen, versteht sich.

Damit sich Menschen seiner Gehaltsklasse auf der Grünen Insel wohl fühlen, schlug Bruton bei den Verhandlungen über den Haushalt 2013 vor, Einkommen bis zu einer halben Million Euro nur mit 23 Prozent zu versteuern. Das würde hochrangige Manager multinationaler Unternehmen nach Irland locken, wenn sie darüber hinaus ihre Heimatflüge erster Klasse sowie die Kosten für die Privatschulen der Kleinen von der Steuer abziehen dürften.

Unter dem Strich sei das für Irland lohnend, denn die Manager würden Jobs in ihrem persönlichen Umfeld schaffen: Sekretärinnen, Putzfrauen und Chauffeurinnen. Die müssten nämlich normale Steuern auf ihr Einkommen zahlen, und schon hätte man den Verlust durch die Steuervorteile für ihre Chefs wieder hereingeholt und dazu noch die Arbeitslosenstatistik aufgehübscht. Der Finanzminister spielte bei Brutons Plan jedoch nicht mit, weil er befürchtete, dass Bürger mit Durchschnittseinkommen das möglicherweise als unfair empfinden und Fine Gael bestrafen könnten.

Darum muss er sich jetzt nicht mehr sorgen, die Partei ist so unbeliebt wie nie zuvor. So kann sie nun ohne Rücksicht auf Stimmverluste weiter umverteilen, denn der Koalitionspartner Labour als Bindeglied zwischen Fine Gael und einer zivilisierten Gesellschaft macht alles mit. Während die Bevölkerung unter dem dreistimmigen Lobgesang der Troika mit Haushalts-, Immobilien-, Wasser- und Was-uns-sonst-noch-einfällt-Steuer geschröpft wird, erfreuen sich Unternehmen einer Körperschaftssteuer von 12,5 Prozent. Theoretisch jedenfalls. Praktisch zahlen sie nicht mal das, denn im grünen Steuerparadies gibt es genügend Schlupflöcher. Die Masse macht's. Wenn man der Million Niedrigverdiener ein paar Tausend Euro weg-

nehmen kann, muss man die paar Tausend Millionäre
nicht mit lächerlichen Abgaben behelligen.

Die Wähler sind selbst schuld. Zwar bestrafen sie
manchmal eine Partei, wenn sie es zu bunt getrieben
hat, wählen dann aber die andere Partei, die sich in
der Vergangenheit bereichert hat und es erneut tut.
Irland wird seit Staatsgründung entweder von Fianna
Fáil oder von Fine Gael regiert. So herrscht auf der
Grünen Insel schönste Harmonie: Politisch ignorantes
Stimmvieh wählt korrupte Politiker, die ihren
schützenden Mantel über ihre Komplizen in der Fi-
nanzindustrie breiten. Und das geprellte Volk geht
zum Flohmarkt vor dem Parlament, um der Bande aus
der Patsche zu helfen.

BITTE RECHT FREUNDLICH

Haben Sie schon mal eine Weihnachtskarte von Ihrer
Kanzlerin bekommen? Ich habe von meinem Premierminister Bertie Ahern jedes Jahr mindestens zwei,
manchmal sogar drei Karten zum Fest bekommen, bis
er 2008 zurücktreten musste – nicht wegen der infla-
tionären Weihnachtskarten, sondern weil gegen ihn
ein Verfahren wegen Korruption eingeleitet worden
war. Als ob das ein Rücktrittsgrund wäre. Bestech-
lichkeit gehört zur Berufsbeschreibung irischer Politiker.

Seit seinem Abgang gab es keine Post mehr von ihm,
was zu verschmerzen ist. Wer stellt sich schon eine
Weihnachtskarte mit dem Foto eines Politikers mit
Tannenbaum auf den Kaminsims? Da wäre die Weih-

nachtsstimmung dahin. Die Eitelkeit der Politiker treibt manchmal seltsame Blüten. Als Barack Obama auf mehrstündigem Staatsbesuch in Irland weilte, purzelten die Politiker bei dem Versuch übereinander, sich mit dem US-Präsidenten fotografieren zu lassen. Danach ließen sie sich auf Staatskosten jede Menge Abzüge für Freunde und Verwandte machen. Die Öffentlichkeit bekam keins der Bilder zu Gesicht. Sie seien lediglich für den Privatgebrauch, erklärte Premierminister Enda Kenny. Ist er fotografiert worden, wie er dem US-Präsidenten die Stiefel leckt?

Sein Landwirtschaftsminister Simon Coveney hat binnen eines Jahres 30.000 Euro Steuergelder für Fotos ausgegeben. Bei den Nationalen Pflugmeisterschaften mussten die Fotografen ihn drei Tage lang knipsen. Es sei das wichtigste Ereignis im bäuerlichen Kalender, verteidigte sich Coveney, und viele Agrarorganisationen wollten Bilder davon haben. Aber warum war nur Coveney auf den Fotos zu sehen? Coveney mit Gummistiefeln, Coveney mit Kochmütze, Coveney mit Obst, Coveney mit Gemüse.

Trotz Korruption und Inkompetenz sind die Parlamentsdebatten aber manchmal höchst unterhaltsam. Einmal ging es zunächst um die Haushaltssteuer. Energieminister Pat Rabbitte fuhr dem linken Abgeordneten Richard Boyd-Barrett in die Parade: »Bloß weil du einen Doppelnamen hast, darfst du noch lange nicht zwei Fragen stellen.« Boyd-Barrets Parteikollege Joe Higgins kam ihm zu Hilfe und blaffte Rabbitte an: »Bloß weil du ein Doppelkinn hast, ...« Der Rest des Satzes ging in Tumulten unter.

Dann schlug Higgins dem Umweltminister Phil Hogan vor, er möge ein bisschen Flöte spielen und mit der karierten Schiebermütze seines Landei-Kollegen

Michael Healy-Rae um Geld betteln. Wieder kam es zu Tumulten. Das war allerdings lediglich ein Vorgeplänkel, denn nun stand das Thema Abtreibung auf der Tagesordnung. 20 Jahre nach dem »Fall X« hatten die linken Abgeordneten ein Gesetz eingebracht, das Schwangeren unter bestimmten Bedingungen eine Abtreibung gestatten soll. Der »Fall X« war 1992 um die Welt gegangen. Damals war eine 14-jährige nach einer Vergewaltigung schwanger geworden, doch ein Gericht verweigerte ihr die Ausreise zu einer Schwangerschaftsunterbrechung in England. Erst das höchste irische Gericht entschied, dass Abtreibung zulässig sei, falls das Leben der Schwangeren bedroht sei – also auch bei Suizidgefahr.

Nun schlug die Stunde der Abgeordneten Michelle Mulherin von der Regierungspartei Fine Gael. »Gottes Gnade ist so befreiend und hält so viele Optionen bereit«, sagte sie und kramte ein Wort heraus, das eigentlich aus dem Sprachgebrauch verschwunden ist: »Fornication.« Das bezeichnet einvernehmlichen Sex zwischen Unverheirateten. Und der sei Hauptgrund für ungewollte Schwangerschaften in Irland, erklärte sie den verblüfften Abgeordneten. Erneut kam es zu Tumulten, als sich Higgins für die Erkenntnis bedankte, dass man durch Sex schwanger werden könnte.

Twitter brummte danach mit Kommentaren, die meisten verknüpften die beiden Debattenthemen: Die Europäische Zentralbank würde eine »Unzuchtsteuer« niemals zulassen, schrieb einer, denn die Bank treibe schließlich Unzucht mit den irischen Steuerzahlern. Ein anderer verlangte prophylaktisch eine Ermäßigung, denn er habe selten außerehelichen Sex.

Für die Gesetzesvorlage zur Abtreibung richtete

man zunächst einen Expertenausschuss ein. Mulherin hat ihre Expertise nachgewiesen und gehört unbedingt in diesen Ausschuss. Außerdem soll sie Untersuchungen leiten, ob man durch häufiges Sonnenbaden einen Sonnenbrand bekommt oder durch übermäßigen Alkoholgenuss betrunken wird. Ein weiterer Ausschuss sollte klären, warum im irischen Parlament überwiegend Knalltüten sitzen.

POTEMKIN IN NORDIRLAND

Wenn Besuch kommt, möchte man einen guten Eindruck machen. Wir schieben vor dem Eintreffen der Gäste das Gerümpel, das überall herumliegt, in ein Zimmer, schließen es ab und behaupten, der Raum sei untervermietet. Einmal fehlte dafür die Zeit, als überraschend ein Kollege aus Berlin eintraf, so dass wir alles in einer Ecke stapelten und ein großes weißes Laken darüber breiteten. Das sei unser Alpenzimmer, erklärten wir dem überraschten Gast und warnten ihn davor, das Laken anzuheben, denn das würde eine Lawine auslösen.

Im nordirischen Belcoo an der inner-irischen Grenze ist man noch einen Schritt weiter gegangen. Dort haben sie mehr als 350.000 Euro ausgegeben, um das 500-Einwohner-Dorf aufzumotzen. Freilich erwartete Belcoo keine gewöhnlichen Gäste, sondern die Mächtigen dieser Welt. Am Ufer des Lough Erne fand der G8-Gipfel statt. Und man wollte die Politsäcke ja nicht mit unappetitlicher Armut konfrontieren.

Bei mehr als 100 Häusern, die auf dem Weg zum Veranstaltungshotel lagen, wurden die Fassaden auf

Staatskosten gestrichen und ausgebessert. Die Bauruinen, die von den Unternehmern im Stich gelassen wurden, als die Immobilienblase platzte, versteckte man verschämt hinter Stelltafeln, auf denen blühende Landschaften zu sehen sind. Was sollte aber mit den leerstehenden Läden geschehen, deren Besitzer aufgrund der Wirtschaftsmisere pleite gegangen sind? Ganz einfach: Man ließ die Schaufensterscheiben von Künstlern mit Waren dekorieren, so dass man beim Vorbeifahren den Eindruck bekommt, die Geschäfte laufen glänzend.

Flanagans Metzgerei, die längst bankrott ist, hatte plötzlich wieder Steaks und Würste, Schweinelendchen und Brathähnchen, auch wenn sie nur aus bemaltem Papier bestanden. Die Apotheke gegenüber, die es schon seit Jahren nicht mehr gibt, wurde mit ein bisschen Farbe und Phantasie in ein Bürobedarfsgeschäft verwandelt. Warum auch nicht? Schließlich gaukeln uns die G8-Politiker seit Jahren vor, ihre Austeritätspolitik würde funktionieren. Nur ein paar Nörgler, die das Geld für die Potemkinschen Dörfer lieber in Jobinitiativen gesteckt hätten, summten das Beatles-Lied »Back in the USSR« vor sich hin.

Dabei sind Blendwerk und Vertuschung doch wie Riverdance und schwarzes Bier längst auch Teil der irischen Tradition. Wenn ein hochrangiger Politiker kommt, schwärmen die Gemeindearbeiter aus, malen die Stadt bunt an und beseitigen Schlaglöcher. Als Bill Clinton noch US-Präsident war, wollte man es besonders gründlich machen. Bevor er 1998 in Ballybunion im Südwesten Irlands eine Runde Golf spielte, ließen die Lokalpolitiker ihre Stadt aufhübschen. In ihrem Eifer tauschten sie auch das Ladenschild des Friseurs aus, der nun vorübergehend »The President's Shop«

hieß, bevor er wieder seinen alten Namen bekam: »Monica's«. Leider hatte jemand den Schilderaustausch gefilmt. Die Medien der Welt berichteten hämisch, und Clintons Lewinsky-freie Golfrunde war perdu.

Doch zurück zum G8-Gipfel. Die Proteste dagegen hielten sich in Grenzen. Zu einer Studenten-Demonstration in Belfast waren sieben Leute erschienen, bei der Workers' Party waren es acht. In Enniskillen, zehn Kilometer vom Tagungsort entfernt, kamen zwar ein paar mehr, aber das Aufregendste waren zwei Verhaftungen: Ein Mann wurde wegen Sachbeschädigung festgenommen, weil er ein Anti-G-8-Plakat an ein Schaufenster geklebt hatte, ein anderer, weil er nackt mit Protestplakat herumgelaufen war.

Das wichtigere Ereignis fand ohnehin weiter südlich statt. Dort trafen sich die Frau und die beiden Töchter eines Kriegstreibers mit einem berühmten Steuerflüchtling, und die »Yellow Press« war vor Ort. Die gelbe Presse heißt so, weil sich die Reporter vor Aufregung ins Höschen machen, wenn sie über Prominente berichten dürfen.

Bono, der Sänger der längst zum niederländischen Steuersystem übergetretenen Pop-Kapelle U2, hatte Michelle Obama sowie ihre beiden Töchter Sasha und Malia in seine Stammkneipe im vornehmen Dubliner Vorort Dalkey eingeladen. Die Presse musste zwar draußen bleiben, aber das Nachrichtenportal *Waterford Whispers* hatte einen Informanten eingeschleust. Der berichtete, dass Bono den Wirt gebeten hatte, etwas »Plumpy'nut« bereit zu halten – eine energiereiche Erdnussbutterpaste zur Behandlung von akuter Unterernährung. Mit der fütterte er die zwölfjährige Sasha, weil sie »etwas schwach« ausgesehen habe.

»Keine Angst«, sagte Bono zu dem Mädchen, »ich mache das ständig in Afrika. Ohne mich und Geldof wärst du wahrscheinlich gar nicht mehr am Leben.«

Und er habe den Afrikanern mit Hilfe eines kleinen Liedchens beigebracht, dass sie Saatgut nicht essen dürfen, weil es sonst im nächsten Jahr keine Ernte gebe, prahlte Bono. Das ist natürlich Quatsch: Bono arbeitet mit Monsanto zusammen, und deren genetisch manipulierte Samen sind unfruchtbar, so dass man sie ruhig essen kann, weil man nächstes Jahr ohnehin neue von Monsanto kaufen muss.

Dann zog Bono eine Plastikfliege aus der Tasche und bat Sasha, sie sich auf die Stirn zu kleben – für ein Foto, weil afrikanische Kinder immer Fliegen im Gesicht haben. Die US-Geheimdienstler, die zur Bewachung der drei »Afrikanerinnen« abgestellt waren, drängten nun zum Aufbruch, während Bono sich zum Lough Erne nach Nordirland aufmachte, um die G-8-Regierungschefs zu beraten, wie sie die Zahlung von Steuern vermeiden.

Für die Obama-Töchter war die Reise eine langweilige Angelegenheit. Den Fotografen gelang kein einziger Schnappschuss, auf dem die Mädchen nicht gähnten. Lediglich auf der Weiterreise nach Berlin hatten sie etwas Spaß. Papa zeigten ihnen unterwegs die privaten Emails von Bono und Fotos seines Anwesens in der Nähe der Kneipe in Dalkey. Die Mädchen nahmen ihrem Vater das Versprechen ab, beides auf die Hit-Liste seiner Drohnen zu setzen.

MIETFEIGEN FÜR FEIGE
MIETER

Noch stärker als die Liebe zu einem gepflegten Garten mit kurzgeschorenem Rasen, seltenen Rosenbüschen und blühenden Obstbäumen ist beim Engländer die Furcht vor Schadensersatzklagen. So erklärte der Stadtrat von Crawley, einer Kleinstadt 50 Kilometer südlich von London, den verblüfften Bürgern, dass ihr Müll vorerst nicht abgeholt werde. Es hatte im Februar ein wenig geschneit, und die Männer von der Müllabfuhr hatten Angst, auszurutschen. Durch die glatten Hauseinfahrten sei die Arbeit der Müllabfuhr ohnehin erheblich verlangsamt, sagte ein Sprecher des Stadtrats, und einige seien bei dem Versuch, die Müllsäcke einzusammeln, bereits hingefallen. Deshalb seien die Männer angewiesen, nicht aus dem Lastwagen auszusteigen, wenn der Gehweg glatt aussehe. Eine Anwohnerin sagte: »Man sollte meinen, dass man von ihnen verlangt, auf den Nanga Parbat zu klettern. Ich schaffe es jeden Tag zur Arbeit in der Londoner City, und die Müllmänner schaffen es nicht mal meine Einfahrt hinauf?«

Der Engländer ist eben nicht wintertauglich. Aber man kann nicht nur auf Schnee ausgleiten, so vermutet der Stadtrat von Croydon in der Nähe von Crawley. Er ließ sechs Meter hohe und 30 Jahre alte Ebereschen abholzen, damit niemand auf ihren Früchten, den Vogelbeeren, ausrutschen und sich ein Bein brechen kann. Eine einzige Anwohnerin hatte sich über die Beeren auf dem Fußweg beschwert, ihre Nachbarn sind über den Kahlschlag entsetzt. Manche verlangen eine Änderung des Straßennamens. Bisher lautet er

Ashwood Gardens, doch von »Ash«, der Esche, könne keine Rede mehr sein, und von »Gardens« erst recht nicht. Die Straße ist eine Betonwüste.

Parlamentarier haben es auch gerne grün, aber sie wollen vorsichtshalber keine Verantwortung für irgendwelche Pflanzen übernehmen. So mieten sie lieber welche. Ihre Büros und ihre Cafeteria befinden sich im Portcullis House gegenüber vom Westminster-Parlament. Für das Atrium bestellten die Volksvertreter zwölf Feigenbäume. Das Volk zahlt 32.500 Pfund im Jahr fürs Blumengießen. Das macht 325.000 Pfund, seit das Gebäude in Betrieb genommen wurde. Auch in Zeiten der Rezession, wenn die Bevölkerung den Gürtel enger schnallen muss, möchte man es beim Regieren ja etwas gemütlich haben.

Für das Geld hätte man einen ganzen Feigenhain bekommen, und es wäre noch genug übrig geblieben, um jemanden auf einer Halbtagsstelle als Blumengießer einzustellen. Dass die feigen Mieter der Parlamentsbüros selbst zur Gießkanne greifen, ist ihnen zu gefährlich. Vielleicht sind ja Wasser- oder Feigenallergiker unter ihnen. Was das an Schadensersatz kosten würde!

Außerdem kommt es in Anbetracht der Baukosten für Portcullis House auf ein paar hunderttausend Pfund für die Begrünung nicht an. Der Bau, der ursprünglich auf 165 Millionen veranschlagt war, kostete am Ende 235 Millionen. Hinzu kamen die Bronzeverkleidung der Fassade für 30 Millionen und Eichenpaneele für 100.000 Pfund. Mögen die Parlamentarier auf den Mietfeigen ausglitschen.

BLACKPOOL STATT BAHAMAS

Irgendwie muss die britische Regierung ja dafür sorgen, dass die Staatskasse gefüllt ist. Flüchtlinge aus Syrien oder Asylbewerber aus den ehemaligen Kolonien tragen dazu nichts bei – im Gegenteil: Sie liegen den arbeitenden Einheimischen nur auf der Tasche, findet der Beraterstab für Immigration im Innenministerium. Deshalb kam man auf die geniale Idee, britische Visa unter ausländischen Milliardären zu versteigern. Sie könnten entweder einen nennenswerten Betrag in die Wirtschaft investieren, oder Geld an Krankenhäuser und Universitäten spenden. Professor Sir David Metcalf, der Chef des Beraterstabs, denkt an eine Summe von zehn Millionen Pfund. Danach dürfen die Spender ihre Villen auf den Bahamas aufgeben und mit ihren Familien nach Blackpool ziehen. Welcher Milliardär träumt nicht davon?

Zwar haben Reiche bisher bereits die Möglichkeit, durch Investitionen ein Niederlassungsrecht zu ergattern, aber das sei nicht effektiv, weil es zu viele Schlupflöcher gebe, monieren die Immigrationsberater. So kann ein russischer Oligarch zum Beispiel Regierungsanleihen kaufen oder seiner eigenen Firma Kredite gewähren, was der britischen Wirtschaft nicht wirklich zugutekommt. Besser ist es, ihn direkt abzukassieren. Die Idee ist nicht schlecht. Aber sie geht nicht weit genug. Warum versteigert man auf Ebay nicht das Amt des Premierministers? Ein Startpreis von einer Million Pfund für eine Woche Regieren erscheint angemessen. Einen Abgeordnetenposten für denselben Zeitraum könnte man schon für 100.000 Pfund anbieten.

Warum aber, so fragt sich die Regierung, sollen nur die Reichen den maroden Staatshaushalt in Ordnung bringen? Das Ministerium für Arbeit und Renten will auch die Armen schröpfen. Das geht aus einem Geheimpapier hervor, das natürlich an den *Guardian* lanciert wurde. Demnach sollen Menschen, denen die Sozialhilfe gestrichen worden ist, Gebühren zahlen, wenn sie gegen die Entscheidung gerichtlich vorgehen. Das Potential ist gewaltig: 2012 wurden 900.000 Menschen sämtliche Zuschüsse gestrichen. Die erhoffte Ersparnis für den Staat wurde allerdings dadurch dezimiert, dass 58 Prozent der Betroffenen mit Erfolg gerichtlich dagegen vorgingen. Um solche Renitenz zu unterbinden, sollte man saftige Gebühren für die Berufung einführen, meint der Regierungsberater für Wohlfahrtsangelegenheiten. Die Zahl der Aufmüpfigen würde drastisch sinken, müssten sie für die Durchsetzung ihres Rechts blechen. Bei den Arbeitstribunalen hat es doch auch geklappt. Nachdem die Regierung Gebühren von 250 Pfund für eine Klage eingeführt hatte, sank deren Zahl um mehr als die Hälfte.

Wo käme man auch hin, wenn jeder Hanswurst kostenlos gegen eine Fehlentscheidung einer Behörde vorgehen könnte? Das wären ja Zustände wie in einer Demokratie! Wer kein Geld hat, um die Berufungsgebühren zu zahlen, kann seine Staatsbürgerschaft ja an einen Milliardär verkaufen und sich dann als Staatenloser ins Niemandsland abschieben lassen. Oder nach Blackpool.

NICHT HIER, SONDERN DORT

Desorientierte Touristen laufen ziellos durch Coventry. Immer wieder kehren sie zu dem großen Stadtplan zurück, der an der Trinity Street hängt, und versuchen verzweifelt, sich zurecht zu finden. »Sie sind hier«, markiert ein roter Pfeil den Standort. Aber sie sind gar nicht hier, sondern dort. Die Touristen befinden sich meilenweit vom vermeintlichen Standort entfernt. Die Bezirksverwaltung hatte den Pfeil falsch aufgeklebt.

»Die Touristen müssen die Leute in der Stadtverwaltung für Klotzköpfe halten«, sagt mein Freund Alan aus London. Er sammelt seit vielen Jahren Zeitungsberichte über die Idiotien englischer Behörden. Inzwischen füllen sie mehrere Aktenordner. Ein merkwürdiges Hobby, aber es macht Alan Spaß, in den Ordnern zu blättern und den Gästen die besten Anekdoten vorzulesen.

»Das müsst ihr euch mal vorstellen«, beginnt er die nächste Geschichte. »Die Bezirksverwaltung von Kent hat sieben Monate lang insgesamt 21.398 Pfund an den falschen Mann überwiesen.« Paul Carter arbeitete als Schlosser für eine Privatfirma, die ab und zu Aufträge von der Bezirksverwaltung bekam. Deren Chef hieß aber auch Paul Carter, und der erhielt keinen Penny. Als seine Sekretärin feststellte, dass sein großzügiger Überziehungskredit bis zum Anschlag ausgeschöpft war, riet sie ihrem Vorgesetzten zu etwas mehr Sparsamkeit. Der fiel aus allen Wolken. Das Missverständnis war zwar schnell aufgeklärt, aber Schlosser Carter hatte sich mit dem unverhofften Bonus längst aus dem Staub gemacht.

»Manchmal bleibt es aber nicht bei finanziellen Schäden«, meint Alan, »sondern die Fehler der Beamten können lebensgefährlich sein.« In der Andover-Siedlung in London-Islington sind anti-soziales Verhalten und Drogenhandel an der Tagesordnung. Fast täglich gingen bei der Bezirksverwaltung Beschwerden genervter Anwohner ein, bis gegen 13 Schurken gerichtliche Unterlassungsbefehle verhängt wurden. Sie wurden ihnen per Einschreiben zugestellt – gemeinsam mit den angehefteten Beweisen, die nicht nur die Aussagen der Beschwerdeführer enthielten, sondern auch deren Namen, Adressen und Telefonnummern. Seitdem stehen sie rund um die Uhr unter Polizeischutz.

Die Polizisten haben bei sechs der Störenfriede die Adressenliste zurückerbeutet und sich versprechen lassen, dass es keine Fotokopien gebe und man die Leute in Frieden lassen werde. Wenigstens seien es nur Radaubrüder und keine Gewaltverbrecher, sagte eine Sprecherin des Stadtrats. So müssen die 51 Menschen nicht damit rechnen, zerstückelt zu werden, sondern kommen vielleicht mit einer Tracht Prügel davon. Der für Verbrechensbekämpfung zuständige Stadtrat Paul Convery seufzte, das Missgeschick habe das Vertrauen der Bürger in die Polizei stark untergraben. »Das kann man wohl sagen«, meinte einer der Betroffenen, der seine persönlichen Angaben nun auch auf der Internet-Liste fand. »Ich bin so wütend, dass ich sprachlos bin.«

Das sei eine einmalige Panne, versicherten die Beamten in Islington – und sorgten zwei Tage später für die nächste Panne. Auf eine harmlose Anfrage auf der Webseite der Behörde schaffte es ein Mitarbeiter, mit einem falschen Knopfdruck sämtliche Daten von 2500

Sozialbaubewohnern ins Netz zu stellen. Neben den Namen und Adressen wurden auch Ehestand, Geschlecht, ethnische Herkunft, Religion und sexuelle Präferenzen veröffentlicht. Letztere Angabe führte zu zahlreichen Zwangs-Outings. Dass sie dem Stadtrat diese Information überhaupt gegeben haben, hängt wohl mit dem englischen Steckenpferd des Formblattausfüllens zusammen.

Manchmal schaufeln sich die Leute aber ihr eigenes Grab, meint Alan. Der eitle Shaun Clee, Geschäftsführer der Gesundheitsbehörde in Gloucestershire, die kurz vor dem Bankrott steht, prahlte auf Twitter, dass er sich ein neues Boot gekauft habe und stellte zum Beweis ein Foto dazu. Seine Angestellten, die erhebliche Gehaltskürzungen hinnehmen mussten, sollen sich mit ihrem Boss herzlich gefreut haben.

ANGRIFF DER KILLERKASTANIEN

Unter Britanniens Bürokraten gibt es offenbar einen Wettstreit um die absurdesten Verbote. Unter dem Deckmäntelchen der Gesetze für Gesundheit und Sicherheit lässt sich vortrefflich alles mögliche unterbinden. So dürfen Beamte keine Weihnachtsdekorationen aufhängen oder Strandlatschen tragen. Kinder sollen Taucherbrillen aufsetzen, wenn sie »Conkers« spielen – ein Freizeitvergnügen, bei dem es darum geht, mit einer Kastanie an einer Schnur die Kastanie des Gegners zu zerschmettern. Zuckerwatte am Stock soll verboten werden, weil man stolpern und sich aufspießen könnte. Kinder sollen zu den Schuluniformen

Ansteckschlipse trage, weil sie sich mit richtigen Krawatten erwürgen könnten.

Trapezartisten sollen Helme tragen. Parkbänke müssen ausgetauscht werden, weil sie ein paar Zentimeter zu niedrig sind. Das Spiel, bei dem man mit verbundenen Augen einem Pappesel den Schwanz anheften muss, soll verboten werden, weil man ihn versehentlich einem anderen Kind anheften könnte. Und einige Bezirksverwaltungen haben den Schulen untersagt, Kinderzeichnungen mit Klebepads an Fenstern anzubringen, weil die mit den Chemikalien im Glas reagieren und die Scheibe zum Explodieren bringen könnten. Die Herstellerfirma kommentierte: »Blödsinn.«

Arbeitsminister Chris Grayling hat nun eine Gegenbewegung zur übereifrigen Bürokratie gegründet. »Mythenbrecher« nennt er den 13-köpfigen Ausschuss, der die klotzköpfigsten Bürokraten anprangern soll – zum Beispiel den »National Trust«, der 1895 gegründet wurde und sich um das britische Architekturerbe, um Parks und Grünanlagen kümmert. Dem Trust gehören 250.000 Hektar Land, 200 Gebäude und Gärten sowie 1.100 Kilometer Küste. Und er wacht mit Argusaugen über seinen Besitz.

Seit mehr als 300 Jahren konnten Spaziergänger auf der historischen Petersham-Aue bei London herumlaufen. Jetzt hat der Trust einen elektrischen Zaun aufgestellt, weil er Angst hat, die dort grasenden Kühe könnten über die Spaziergänger herfallen, und der Trust müsste Schadensersatz zahlen. Das ist den Tieren bisher noch nie in den Sinn gekommen, auch nicht, als der Hund einer Spaziergängerin eine Kuh attackiert hat.

Der Trust gilt als eine der verschnarchtesten Organisationen Großbritanniens. Um dieses Image loszuwerden, hat er sich ein bunteres Emblem zugelegt. Geradezu revolutionär war die Änderung des Namens: Früher hieß er »The National Trust«, neuerdings nennt er sich »National Trust«. Jetzt ist man noch einen Schritt weitergegangen, um zu beweisen, dass man mit der Zeit geht. Der Trust hat eine App für Smartphones entwickelt, die Touristen den Weg durch das Londoner Rotlichtviertel weisen soll. »Sex, Drugs und Rock'n Roll« verspricht die App und warnt die Benutzer, dass sie bei der elektronischen Führung durch das Viertel mit schmutzigen Wörtern rechnen müssen. Deshalb muss man vor dem Herunterladen der App bestätigen, dass man schon mindestens 17 Jahre alt ist – also alt genug für derbe Sprache, aber zu alt für »Conkers« und Zuckerwatte.

MÖRDERISCHER MOHN

Engländer lieben Rituale und Symbole. Ob es der antiquierte Pomp der verkommenen Windsor-Familie ist oder die verstaubten Zeremonien im Parlament, es wird Jahr für Jahr gnadenlos durchgezogen. Das stört ja niemanden, aber der »Poppy Day« ist eine ekelhafte Tradition. Diese englische Variante des Volkstrauertags warf ihre Schatten bereits Wochen vor dem eigentlichen Tag voraus. Poppies sind Mohnblumen, und wenn man englisches Fernsehen einschaltete, sah man niemanden ohne rote Pflanze am Revers. Ein Wunder, dass sie nicht alte Western bearbeitet und John Wayne das Ding an die Lederjacke montiert haben.

Begonnen hat es 1920, als jemand das Gedicht »In Flanders Fields« des kanadischen Feldwebels John McCrae entdeckte, das dieser nach dem Soldatentod seines Freundes 1915 geschrieben hatte. In den Anfangszeilen geht es um die Gräber der Soldaten in Flandern, auf denen der Mohn blühte. Weniger bekannt ist der Schluss des Gedichts. Dort fordert McCrae die Überlebenden auf, gefälligst gegen den Feind weiterzukämpfen, damit die Toten in Ruhe schlafen können. Zunächst benutzte die US-amerikanische Legion die Blume aus dem Kriegspropagandagedicht als Symbol, und schon bald breitete sie sich im ganzen Commonwealth aus. Während die meisten Länder inzwischen zur Besinnung gekommen sind, greift der Mohn in England wie Unkraut um sich.

Heutzutage sind es freilich keine echten Pflanzen mehr, denn die könnte man ja kostenlos pflücken. Stattdessen verkauft die Royal British Legion Blumen aus Papier oder Plastik. Und sie sehen jedes Jahr anders aus, damit man sie nicht im nächsten Jahr wiederverwenden kann. Gedacht wird ausschließlich der britischen Soldaten, alle anderen sind ausgeschlossen. Wer die Pflanze misshandelt, hat nichts zu Lachen. Linford House, ein junger Mann aus Canterbury, wurde verhaftet, weil er eine Mohnblume verbrannt hatte. Zwei Nordiren war es ebenso ergangen. Sie hatten ein Foto der brennenden Pflanze ins Internet gestellt.

Mohnschänder gelten als Verbrecher, mohnlose Engländer zumindest als Landesverräter. Das gilt auch für Sportler. 2011 sollte die englische Fußball-Nationalmannschaft beim Spiel gegen Spanien mit Mohnblumen auf den Trikots antreten, doch die Fifa verbot das zunächst. Thronfolger Prinz William und Premierminister David Cameron bekamen daraufhin einen Wutanfall, die rechtsextreme English Defence League demonstrierte auf dem Dach des Fifa-Gebäudes in Zürich. Der englische Verband machte einen Kompromissvorschlag: Mohn auf den Trikots beim Warmlaufen, Niederlegung eines Mohnkranzes während der Nationalhymnen, Mohnblumenverkauf im Stadion, Mohnblumen auf der Anzeigentafel und auf den Werbeflächen. Während des Spiels sollten die Spieler aber lediglich schwarze Armbänder tragen. Die Fifa lenkte entnervt ein.

Wenn sie schon so versessen auf Mohn sind, sollten die Engländer lieber den Saft der Samen trocknen und ihn rauchen. Opium macht friedlich.

LORDS UND LADIES MÜSSEN
DARBEN

Wer arbeitet, soll vernünftig essen. Das gilt auch für die englischen Lords, die in ihrem Privatclub, dem Oberhaus, unter sich sind und stundenlang aneinander vorbeireden. Zwischendurch werden ihnen warme Mahlzeiten serviert. Doch deren Qualität hat in letzter Zeit rapide abgenommen. Das geht aus den Beschwerden hervor, die sich der *Independent* aufgrund des Gesetzes über Informationsfreiheit besorgt hat. Die Namen der Beschwerdeführer rückte der zuständige Beamte aber nicht heraus, so weit geht die Informationsfreiheit dann doch nicht.

Die Betreffenden können froh sein. Zwar werden ihnen und ihren Gästen in Butter gedünstete Jakobsmuscheln, Gänsestopfleber und Champagner-Risotto serviert, aber das Zeug sei minderwertig, monierte ein Lord. Darüber hinaus habe er eine geschlagene Viertelstunde auf einen Tisch warten müssen. Das habe ihm den ganzen Nachmittag verdorben, zumal er dadurch keine Zeit mehr für die »wunderschöne Kuchenauswahl« hatte. Ein anderer beschwerte sich, dass er und seine Frau gar keinen Tisch bekommen haben. Da seine Frau eine Tiara trug, konnte man nicht in ein bürgerliches Restaurant gehen und mit dem Plebs speisen. Man sei nur deshalb dem Hungertod entgangen, weil ein anderer Lord sein nahegelegenes Haus anbot, wo sich die Dame umziehen konnte. Einer stellte verblüfft fest, dass es keinen chilenischen Wein auf der Karte gebe. Er schlug vor, den Direktor des chilenischen Verbands der Weinbauern einzufliegen, um eine Weinprobe zu organisieren.

Ein anderer verlangte, dass die Speisenkarten gefälligst auf dünnerem Papier gedruckt werden, damit man sie zusammenfalten und als Souvenir mit nach Hause nehmen könne. Der Gipfel war für die Lords erreicht, als sich die »Kantine« eine neue Kaffeemaschine zulegte. Der Cappuccino sei grauenhaft, schimpfte einer. Ein anderer bezeichnete die neue Maschine als »Beleidigung«, weil die Lords nicht konsultiert worden seien. »Das war ein beeindruckendes Manöver«, sarkastelte er, »um uns auszutricksen.«

Wenigstens ist der Fraß subventioniert. Für Rinderbraten mit Röstkartoffeln und Gemüse, das englische Leibgericht, zahlen die Herrschaften 9,50 Pfund. Das können sie sich gerade noch leisten, erhält doch jeder Lord und jede Lady 300 Pfund Taschengeld pro Tag, an dem sie sich ins Oberhaus bemühen, selbst wenn sie dort den ganzen Tag in der Kantine sitzen. Aber das lohne sich ja nicht mehr, wetterte ein Gast: Er habe zwar ein einigermaßen genießbares Pasta-Gericht gegessen, aber das hätte er genauso gut in einem normalen Restaurant in der Stadt bekommen. »Bei solchen Speisen wird im Oberhaus bald gähnende Leere herrschen«, warnte er. Das ist die Lösung: Serviert ihnen Mahlzeiten vom fahrbaren geriatrischen Mittagstisch, dazu ein Gläschen privatisiertes Leitungswasser, bis sie die Nase voll haben. Dann spart man 1,3 Millionen Pfund Steuergelder, mit denen die Lords-Kantine jedes Jahr subventioniert wird, und man könnte das Oberhaus endlich dichtmachen und den Schlüssel wegwerfen.

DIE ALTE DAME IN DER RUINE

Manche Menschen können einfach nicht mit Geld umgehen – zum Beispiel diese 87-jährige Engländerin. Obwohl sie noch immer voll im Berufsleben steht, ist sie praktisch pleite. Sie lebt in einem heruntergekommenen 300 Jahre alten Haus, und nun muss sie sich auch noch von hochbezahlten Abgeordneten vorwerfen lassen, sie lebe zu verschwenderisch. Am liebsten würde Königin Elisabeth alles hinschmeißen, munkeln ihre Bediensteten.

2013 hat die Queen ihr Budget in Höhe von 31 Millionen Pfund um 2,3 Millionen überzogen. Deshalb musste sie den staatlichen Reservefonds anzapfen, und der ist nun auf eine lächerliche Million zusammengeschrumpft. Muss sie demnächst ihre Corgis einschläfern lassen, weil sie sich das Hundefutter nicht mehr leisten kann? Im Gegenteil: Sie will ihre verhaltensgestörte Familie therapieren, und den Anfang sollen die Hunde machen, denn bei denen erscheinen die Erfolgsaussichten am größten. In der Vergangenheit kam beim Urlaub auf Schloss Balmoral in Schottland stets zu unschönen Zwischenfällen. Letztens fiel einer von Elisabeths Corgis über den elfjährigen Terrier ihrer Enkelin Beatrice her und biss ihm während einer Gartenparty das halbe Ohr ab. Unter den Gästen war auch Roger Mugford, der Hundepsychologe, der sich nun um die Queenköter kümmern soll. Sie besitzt drei Corgis und drei Dorgis. Letztere sind eine Mischung aus Corgi und Dackel.

Mugford kennt sich mit Blaublütern aus. Er hat Florence behandelt, nachdem sie erst Pharos, den greisen Queen-Corgi, ermordet und eine Hausangestellte ins

Bein gebissen hatte. Florence, der Bullterrier von Prinzessin Anne, sei seit der Therapie lammfromm, behauptet Mugford. Auch Dotty, Annes anderer Bullterrier, konnte geheilt werden, nachdem er zwei Kinder gebissen hatte und Anne nur knapp einer Gefängnisstrafe entging.

Kann sich die Queen eine teure Hundetherapie überhaupt leisten? Immerhin muss sie mehrere Haushalte finanzieren. Alleine die Heizkosten! Vor einiger Zeit schrieb ihr Privatsekretär ans Kulturministerium und beantragte einen Heizkostenzuschuss. Das Ministerium lehnte bedauernd ab: Das Geld sei für Schulen, Krankenhäuser und Sozialhilfeempfänger vorgesehen. Außerdem könnten die Untertanen einen Zuschuss für die Queen missbilligen.

Sie soll gefälligst sparsamer leben, riet der Haushaltsausschuss des Unterhauses, dann könne sie sich auch um ihre Immobilien kümmern. 39 Prozent davon seien baufällig. Der Buckingham-Palast ist sogar gemeingefährlich. Die Mauer am Eingangstor bröckelt, in der Galerie haben die Bediensteten Eimer aufgestellt, weil es hereinregnet. Die elektrischen Kabel sind zuletzt 1949 erneuert worden. Und die Warmwasserboiler sind 60 Jahre alt, so dass die Heizkosten bei einer Dreiviertelmillion Pfund im Jahr liegen. Womöglich muss sich die Queen eines Morgens kalt waschen.

Sie lässt nicht nur ihr Haus verkommen, sie hat auch keine Ehrfurcht vor den Ahnen. Der Ausschuss bemängelte, dass das Mausoleum auf Schloss Windsor noch immer nicht renoviert worden sei. Lässt die herzlose Monarchin ihre Ururgroßmutter Königin Victoria und deren Mann Albert, die im Mausoleum begraben sind, im Regen liegen? Elisabeth ließ erklären, man versuche, das Mausoleum »ein wenig auszutrocknen«, aber das habe aus Geldmangel keine Priorität.

Schließlich hat sie auch noch einen Garten, der gepflegt werden muss. So sucht die Königin per Annonce einen Gärtner, der nach »höchstem ökologischen Standard« den Garten pflegen soll. Es ist nicht etwa ein Schrebergarten, die königliche Grünfläche umfasst 170.000 Quadratmeter. Darüber hinaus muss sich der Gärtner um die »Royal arisings« kümmern. Königliche Entstehungen? Niemand wusste, was das ist, bis der *Guardian* nachfragte. Es handelt sich um Pferdescheiße. So deutlich wollte man es aber nicht in die Stellenanzeige schreiben. Der Gärtner soll 15.000 Pfund im Jahr für seine Mühe bekommen. Soviel kostet der Hundetherapeut im Monat.

Es gibt jedoch Hoffnung. Die königliche Apanage richtet sich nach dem Profit der staatlichen Crown Estates, zu dem Ländereien, Wälder, Einkaufszentren, Immobilien und der zwölf Seemeilen breite Küstenstreifen um Großbritannien gehören. Davon erhält die Königin 15 Prozent. 2014 werden das 36,1 Millionen Pfund sein, im nächsten Jahr sogar 37,9 Millionen.

Die Vorsitzende des Ausschusses, Margaret Hodge von der Labour Party, schlug dennoch vor, die Queen solle ihr eigenes Einkommen erhöhen. Sie könnte zum Beispiel die Besuchszeiten für Touristen im Buckingham-Palast erweitern und den Palast für kommerzielle »Events« vermieten. Soll sie auch noch Übernachtungen mit Frühstück im königlichen Himmelbett anbieten? Schatzkanzler George Osborne ist entsetzt: »Die königliche Familie ist eine große Attraktion für Touristen aus aller Welt.«

Der Buckingham-Palast verzeichnet jedoch lediglich 500.000 Besucher im Jahr, während zwei Millionen

Menschen den Londoner Tower besuchen. Der zehrt von seinem schlechten Ruf als Ort der Folter und des Todes. Vielleicht könnte die Queen ja Margaret Hodge im Buckingham-Palast hinrichten lassen, um dessen Attraktivität zu erhöhen.

Und was die Sparsamkeit angeht, so könnte sie sich ein Beispiel an ihrer Mutter nehmen. Der Kühlschrank der offiziell im Jahr 2002 verstorbenen Königinmutter »Queen Elizabeth The Queen Mother« – so der offizielle Titel – funktioniert noch immer. Das Gerät ist 60 Jahre alt. Es war eine ihrer ersten Anschaffungen, nachdem sie das Castle of Mey im Norden Schottlands gekauft hatte. Die Kühlschranktür ist mehr als 15 Zentimeter dick, und man muss das Gerät regelmäßig abtauen. Um es zu betreiben, braucht man ein kleines Kraftwerk, aber das war Queen Mum egal. Hauptsache, es hielt den Gin schön kühl. Außerdem zahlte ja der Steuerzahler die Stromrechnung.

Einmal stand der Kühlschrank kurz vor dem Aus: Als man im Schloss eine Fußbodenheizung einbaute, wurde es ihm zu warm. Queen Mum ordnete an, ihn auf Ziegelsteine zu stellen, und das Problem war gelöst. Kenner des Königshauses behaupten, der Kühlschrank sei Beweis für die Sparsamkeit Elisabeths. Schließlich war sie Schottin. So kaufte sie keinen Fernseher, sondern mietete einen. Andererseits warf sie Geld für Kleidung, Blumen und Gin hinaus.

Der Kühlschrank beweist jedenfalls, dass nicht alles bei den Windsors funktionsgestört ist. Vielleicht erreicht er sogar das Alter seiner früheren Eigentümerin. Elisabeth soll 101 Jahre alt geworden sein. Aus Kreisen, die dem Königshaus nahestehen, war jedoch zu erfahren, dass sie in Wirklichkeit bereits 1992 gestorben sei. Aber die Windsors steckten damals in einer tiefen Krise. Solange Queen Mum noch lebte, galt die Monarchie als unantastbar. Sie war die letzte Kaiserin von Indien, sie war die letzte Verbindung zu den goldenen Zeiten des Imperiums.

Königin Elisabeth sprach Ende 1992 von einem »annus horribilis«. Damals ging es Schlag auf Schlag: die Trennung von Prinz Andrew und Sarah Ferguson, die Scheidung von Prinzessin Anne und Mark Philips, die Veröffentlichung von Dianas intimer Biographie, der Abdruck eines Fotos der barbusigen Fergie, an deren Zeh der Finanzberater knabbert, der heimliche Mitschnitt der obszönen Telefongespräche zwischen Charles und Camilla, die Trennung von Charles und Diana. Und dann brannte obendrein Windsor Castle ab – das alles innerhalb von zehn Monaten. Das schlimmste Ereignis hielt man jedoch unter Verschluss: den Tod von Queen Mum, die vermutlich beim Brand im Windsor Castle erstickt ist.

Man ließ sie von den Experten, die sich schon um Lenin gekümmert hatten, präparieren, inklusive eines Winkarms. Fortan wurde sie regelmäßig im Rollstuhl auf die Balkons diverser Schlösser geschoben und winkte den Untertanen zu, bevor sie wieder auf Eis gelegt wurde. Nach zehn Jahren traten jedoch die gleichen Zerfallserscheinungen wie bei Lenin auf, und man beschloss, sie offiziell sterben zu lassen.

Dem Kühlschrank geht es dagegen gut, das können die Touristen bezeugen, die das Castle of Mey besichtigen. Ihnen wird der Kühlschrank stets als Beispiel herausragender britischer Technik vorgeführt. Dabei stammt das Gerät aus Skandinavien.

EIN KAHN FÜR DIE QUEEN

Was schenkt man einer Königin? 2012 beging Elisabeth ihr 60. Thronjubiläum. Die offizielle Krönungsfeier fand allerdings erst im Juni 1953 statt. Man brauchte damals 16 Monate, um die Krone etwas enger zu machen. Zur Jubiläumsfeier wurde der Maifeiertag in den Juni verlegt, und die Untertanen bekamen noch einen zusätzlichen Feiertag, damit sie mit warmem Bier auf das Wohl der Queen anstoßen konnten.

Michael Gove, der Bildungsminister, hatte angeregt, der Monarchin eine Yacht zu schenken. Geld spielt bei ihm keine Rolle, hat er doch sämtlichen Schulen in Großbritannien eine King-James-Bibel, die 1611 von James I. in Auftrag gegebene englische Übersetzung, zukommen lassen – mit einem von ihm selbst verfassten Vorwort. Die göttliche Eingebung kostete die Steuerzahler 375.000 Pfund.

Früher besaß die Queen ein Boot. Die »Britannia« strömte die Atmosphäre eines kleinen Landhauses auf See aus, schwärmte die *Daily Mail*. Welches kleine Landhaus hat denn Platz für 217 Matrosen und 19 Offiziere? Am Abend, wenn sie nach getaner Arbeit auf das Schiff zurückkehrte, zog sie die Stiefel aus und tauschte Klatsch und Tratsch mit der Belegschaft aus, schrieb das Blatt. Doch Tony Blairs Labour-Regierung hat ihr zum Amtsantritt 1997 den Kahn weggenommen. Als sie sich von dem Schiff verabschiedete, bevor es als Touristenattraktion nach Edinburgh geschafft wurde, weinte Elisabeth, und Philip, ihr Gatte, bekam einen Wutanfall.

Heute bedauert Blair seine Entscheidung. Hätte er

ein paar Jahre später darüber befinden müssen, hätte er der Königin das Boot gelassen, sagt er. Aber damals musste er pragmatisch handeln. Er meint damit, dass er zum Amtsantritt noch einen Funken Anstand besaß und sich an ein Wahlversprechen hielt. Ein paar Jahre später war ihm das Labour-Parteiprogramm schnuppe. Zur Jahrtausendwende wollte er sich sein eigenes Denkmal setzen – den »Millennium Dome«, das gigantische Zelt an der Themse, das mehr als 800 Millionen Pfund gekostet hat. Davon hätte man der Queen zwölf Yachten kaufen können. Das Mahnmal der Blairschen Eitelkeit war nach einem Jahr pleite und musste schließen. Jahre später wurde es in eine Konzerthalle umgewandelt.

Statt einer neuen Yacht könnte man ihr ein handbemaltes Modell der »Britannia« aus Kunstharz für 14,95 Pfund schenken, meinte der Haushaltsausschuss. Es ist sechs Zentimeter hoch und 17 Zentimeter lang. Die Queen könnte es mit in die Badewanne nehmen. Man bekommt eine Anleitung dazu, damit man weiß, wo die vielen Flaggen auf dem Schiff hingehören. Diese Anleitung bräuchte sie gar nicht: Sie würde die Fähnchen Blair in den Hintern schieben.

Elisabeth zeigte sich aber trotz yachtlosem Jubiläum dankbar und lud die Menschen in den Buckingham-Palast ein, die dabei geholfen hatten, dass ihre Thronjubiläumsfeier so schön war. Gesundheitsminister Jeremy Hunt war auch da, was Elisabeth bald bereute. Offenbar löst sie bei ihren Gästen stets den unwiderstehlichen Drang aus, sie amüsieren zu wollen. Hunt versuchte es mit der Geschichte über einen japanischen Touristen, der die Königin toll fand, weil sie bei den Olympischen Spielen den Sketch mit Bond-Darsteller Daniel Craig aufgeführt hat. »Unseren Kaiser würden sie nie dazu kriegen, aus einem Hubschrauber zu springen«, zitierte Hunt den Japaner. Die Queen zuckte mit den Schultern und ging weiter.

Dann war ihr Gatte an der Reihe, den immer noch grinsenden Hunt zu begrüßen. Philip bellte ihn an: »Wer sind sie eigentlich?« Hunt erklärte ihm, dass er zwar jetzt Gesundheitsminister sei, aber damals, während der Thronjubiläumsfeier, Kulturminister war. »Ja, die schieben euch Typen ganz schön herum«, meinte Philip und machte auf dem Absatz kehrt.

Gary Barlow von Take That hatte ebenfalls eine Einladung. Popstars sind auch nicht mehr das, was sie mal waren. Barlow hätte sich am liebsten vor der Queen auf den Boden geworfen und ihr die Schuhe abgeleckt. Er sei so stolz, dass er damals bei dem Thronjubiläumskonzert mitmachen durfte. Dabei gab es vor dem Konzert eine Schrecksekunde, als die Nachricht kam, dass Philip mit einer Blasenentzündung ins Krankenhaus eingeliefert worden sei. »Wir hatten alle Todesangst, dass das Konzert abgesagt werden müsse«, sagte Barlow. Es war wohl eher Philip, der Grund zur Todesangst hatte.

Stolz war auch Heston Blumenthal, der Fernsehkoch, weil er die Konzertbesucher mit kleinen Picknickkörbchen ausstatten durfte. »Das hat mich so absolut stolz gemacht, britisch zu sein und dabei sein zu dürfen«, schmierlappte er. Er ist stolz darauf, dass die Leute seine Körbchen mit belegtem Weißbrot und Wasserfläschchen nicht gleich weggeschmissen haben? Der Engländer ist eben kulinarisch genügsam.

Beim königlichen Empfang gab es zwar auch Häppchen, aber wenigstens wurden sie mit Champagner serviert. Ein Gast fehlte: Peter Houison Craufurd, der »Wäscher der Hände der Monarchin«, war kurz vor der

Feier im Alter von 82 Jahren verstorben. Er hatte stets einen Silberkrug, eine Schüssel und ein Tablett mit einem Leinentuch bei sich, falls die Queen sich mal die Hände fettig machte. Das Amt ist seit Jakob V. im Besitz der Craufurd-Familie, und der Sohn wird nun weiterwaschen.

Die Leute von der BBC fehlten ebenfalls beim Empfang, weil sie die Live-Übertragung der Thronjubiläumsparade von tausend Booten auf der Themse mit einer idiotischen Moderation verhunzt hatten und deshalb nicht eingeladen wurden. George Entwhistle, der zum Generaldirektor der BBC ernannt worden war, obwohl er damals für die miserable Sendung verantwortlich war, entschuldigte sich schriftlich für die Fehler und den hirnverbrannten Kommentar. Er begründete das mit dem Wetter. Es habe an dem Tag geregnet. In England.

EIN MITTELALTERLICHER STEUERFLÜCHTLING

Wann ist ein Unternehmen kein Unternehmen? Wenn es dem britischen Thronfolger Prinz Charles gehört. Nachdem der Haushaltsausschuss des britischen Unterhauses Google, Amazon und Starbucks in die Mangel genommen hatte, war das Herzogtum Cornwall dran. Das fällt dem Erstgeborenen des britischen Monarchen am Tag seiner Geburt in den Schoß, und der Titel »Herzog von Cornwall« obendrein.

Nun ist dieses Herzogtum nicht etwa nur eine hübsche Gegend, in der Charles in Ruhe auf die Jagd gehen kann, sondern es macht Profit – mit organischer Marmelade, mit Keksen, Suppen, Fruchtsäften und Körperpflegeprodukten, die alle ein geschütztes Markenzeichen tragen. Viel mehr Geld bringen allerdings die Immobiliengeschäfte ein. Das Herzogtum ist 540 Quadratkilometer groß, liegt aber trotz seines Namens hauptsächlich in Devon. Zu seinen Besitztümern gehören Mietshäuser, Supermärkte und Hotels. Das klinge doch wie ein Unternehmen, meinte die oben bereits erwähnte Margaret Hodge, die Charles' Privatsekretär William Nye vorgeladen hatte. Ach was, meinte der. Es sei lediglich eine Ansammlung privater Ländereien und deshalb von der Unternehmenssteuer befreit.

Die Anhörung geriet zu einer lebhaften Diskussion über die Vorzüge des Mittelalters, als die Welt der Royals noch in Ordnung und der König absoluter Herrscher war. Damals, im Jahr 1337, wurde das Herzogtum Cornwall von Edward III. für seinen Sohn Edward, den »schwarzen Prinzen«, geschaffen. Niemand fragte nach irgendwelchen Steuern, und Charles findet, es sei auch heute noch ungehörig, in seinen finanziellen Angelegenheiten herumzustöbern. Der schwarze Prinz starb übrigens ein Jahr vor seinem Vater und war der erste Prinz of Wales, der es nicht auf den Thron geschafft hat. Die Krone ging an seinen minderjährigen Sohn.

Das wäre der Nation auch in Sachen Charles recht. Aber er ist nun mal Thronfolger Nummer Eins, falls er seine Mutter überlebt, und man kann ihn aus verfassungsrechtlichen Gründen nicht überspringen, auch wenn die meisten Briten sich das wünschen. Sonderlich beliebt war er bei seinen künftigen Untertanen noch nie, und nun gilt er obendrein als Steuerflüchtling. Rund 20 Millionen Pfund Profit macht sein Herzogtum im Jahr, steuerfrei. Hinzu kommen noch andere Einnahmequellen, die seit dem Mittelalter gelten. Stirbt zum Beispiel ein Untertan, ohne ein Testament zu hinterlassen, fällt das Erbe an Charles. Auch Schiffwracks, die an den Strand von Cornwall gespült werden oder vor der Küste im Meer dümpeln, gehören dem Thronfolger, ebenso wie alle »königlichen Fische«. Das sind Wale, Störe und Delfine.

Charles stecke sich den Profit seines Herzogtums doch nicht in die eigene Tasche, beschwichtigte sein Privatsekretär. Er bekomme ein Gehalt, auf das er zwar proportional weniger Steuern als sein Diener zahlt, aber er müsse die Vermögenswerte »für künftige Generationen« verwalten. Das neue Baby, Charles' erstes Enkelkind, soll später ja nicht mit leeren Händen dastehen.

Dieses Enkelkind sorgte schon vor seiner Geburt dafür, dass die Briten durchdrehten. Sie belagerten wochenlang das St. Mary's Hospital in Paddington, wo Kate Middleton, die nach ihrer Heirat mit Prinz William das Pseudonym »Herzogin von Cambridge« angenommen hat, im privaten Lindo-Flügel der Dinge harrte. Der 69-jährige Dr. Setchell, der das royale Ereignis leitete, verkündete vorher, dass er schon seit Wochen nicht mehr trinke. Sehr beruhigend. Ein Kabinettsminister musste bei der Geburt nicht mehr anwesend sein, wie es früher der Fall war, um sicher zu stellen, dass der Nation kein Wechselbalg untergeschoben würde.

Die Souvenir-Industrie konnte ihr Glück kaum fassen, als die Schwangerschaft offiziell bekanntgegeben wurde. Sie hatte gerade mit Londoner Olympia-Artikeln einen Reibach gemacht, da stand schon das nächste souvenirwürdige Ereignis ins Haus. Man begann sofort, zu produzieren, obwohl die Unkenntnis des Geschlechts die Auswahl zunächst auf neutrale Farben beschränkte. Es gab lange vor der Geburt Tassen und Teller, Lätzchen und Kissen, kleine Stiefel aus Schafleder und Strampelanzüge mit der Aufschrift: »Meine Oma ist Königin.« Das ist allerdings inkorrekt, denn die Oma des Babys ist in einem Tunnel in Paris gestorben. Die Queen ist Williams Oma, und der ist aus Strampelanzügen schon herausgewachsen.

Lange rätselte man, wie das Kind heißen würde. Bei den Buchmachern waren Anne und Frances Favorit, wenn es ein Mädchen wird. Danach kam gleich Diana. So wäre eine glückliche Kindheit von vornherein vereitelt. Man kann dem Kind nur gratulieren, dass es einen Penis hat, um nicht ständig mit Diana verglichen zu werden. In diesem für das Kind günstigeren Fall hielten die Buchmacher John, Robert oder Charles für wahrscheinlich. Es wurde George. Wie ungewöhnlich!

Der Labour-Abgeordnete Keir Hardie hatte 1894 zur Geburt des späteren Edward VIII. gesagt, er schulde einem Erbherrscher keine Gefolgschaft. Unter dem »Oh, oh, oh«-Jaulen der entsetzten Abgeordneten fügte er hinzu: Die Überhöhung der Wichtigkeit eines solch alltäglichen Ereignisses wie einer Geburt sei völlig unangebracht.

REITSTUNDEN MIT
ANTIHISTAMINEN

Der Engländer liebt Pferde, aber er verliert sein Geld meistens am Wettschalter, weil er auf den falschen Gaul setzt. Manche, wie die Queen, sahnen jedoch mit ihren Tieren bei Galopprennen hohe Preisgelder ab. Die Vorliebe für Pferde gehört bei den Windsors zur Arbeitsplatzbeschreibung. Ob Polo oder Dressurreiten, ob Warm- oder Kaltblüter – ein Blaublüter ist immer dabei.

Wie konnte sich also jemand mit einer Pferdeallergie in diese Familie einschleichen? Kate Middleton gestand beim Empfang für die britischen paralympischen Athleten, dass sie empfindlich auf die unhandlichen Tiere reagiere. Dennoch habe sie begonnen, Reitstunden und Antihistamine zu nehmen, damit sie ihrer angeheirateten Familie auf Augenhöhe begegnen könne. Wenigstens ist sie nicht allergisch gegen Corgis, sonst würden die königlichen Paläste zur No-go-area für sie.

Lee Pearson, der bei den paralympischen Spielen in London seine zehnte Goldmedaille gewonnen hat, bot an, der Herzogin die Pferdedressur beizubringen. »Sie fragte mich, ob ich mein ganzes Leben lang geritten sei«, sagte Pearson. »Dann nahm sie meine Medaillen in ihre Hände und wunderte sich, wie schwer sie waren.« Königin Elisabeth nahm die Medaillen der Rollstuhlrennfahrerin Hannah Cockroft in die Hand und machte eine Bemerkung über das Gewicht des Edelmetalls. Ihr Sohn, der Herzog von York, griff sich die Medaille der Radfahrerin Sarah Storey und fand sie ganz schön schwer. Was für interessante Gespräche auf königlichen Empfängen geführt werden! Nur der Radfahrer Jason Kenny sagte, er habe mit Kate Cambridge geredet, könne sich aber an kein einziges Wort erinnern, das sie gesagt habe.

Kates Schwiegervater war derweilen in Neuseeland und hätte fast Bekanntschaft mit der Kehrseite von Pferden gemacht. Der 74-jährige Anti-Royalist Sam Bracanov wollte ihn mit Pferdemist bewerfen. Er hatte die Scheiße mit Wasser verrührt, so dass sie »eine Konsistenz wie Haferbrei« hatte, sagte Bracanov. »Charles hat sich nicht durch sein Gehirn für den Job qualifiziert, sondern durch seinen Körper«, erläuterte er. »Was der Körper produziert, geht in die Toilette. Deshalb wollte ich ihn mit etwas bewerfen, das in die Toilette gehört.« Dieser Logik kann man sich kaum entziehen.

Aber Charles ist nicht allergisch gegen Pferde, und der Mist ist ein gutes Düngemittel – wie offenbar auch der Rest des Pferdes. Jedenfalls hat der Abdecker Philip Cooper einen Wallach namens Otto in eine Tierverarbeitungsfabrik gegeben, obwohl dessen Eigentümerin ihm 920 Pfund für eine Einäscherung und ein anständiges Begräbnis bezahlt hatte. Die Sache flog auf, als Cooper ihr eine Schachtel mit Asche überreichte, in die höchstens ein kremierter Corgi gepasst hätte. Für seine Schandtat wurde er von einem Gericht zu acht Monaten Gefängnis und zur Zahlung von Schadensersatz in Höhe von 53.000 Pfund verurteilt.

Zu seinen Lebzeiten war der Klepper nur einen Bruchteil davon wert, aber wenn es um Pferde geht, versteht der Engländer keinen Spaß. Diese Erfahrung musste auch Francis Kelly machen, der vor Gericht stand, weil er ein Polizeipferd mit einer Wurst im Blätterteig gefüttert hatte. Die Anklage lautete trotz

dieser kulinarischen Garstigkeit aber nicht auf Tier-
quälerei, sondern auf Landfriedensbruch. Das Pferd
habe hungrig ausgesehen, verteidigte sich Kelly, und
er liebe nun mal Pferde. Vielleicht war ja Otto in der
Wurst.

Manchmal geht die Pferdeliebe aber zu weit. Der 71-
jährige David Chamberlin wurde von einem Bauern
geschnappt, als er sich an dessen Pferd zu schaffen
machte. Als der Bauer mit einem Knüppel auf Chamberlin einschlug, riss sich das Pferd los und lief davon.
Unglücklicherweise verfing sich Chamberlins Bein im
Zügel, so dass er quer über die Wiese gezerrt wurde.
Eine Richterin verurteilte Chamberlin als Sexualstraf-
täter und ordnete an, dass er künftig fünf Meter Ab-
stand zu angebundenen Tieren halten müsse. Aber die
Corgis der Queen laufen ja frei herum.

Aus der Reihe Critica Diabolis

http://www.edition-tiamat.de